최재목의 시 · 문화 평론

상처의 형식과 시학

최 재 목 지음

지식과교양

2

책 머리에

"시인의 시에는 세상을 향한 '일만(一萬)의 눈초리'가 숨어 있다."

-최재목. 「'나'라는 상처 그 시적 형식들」 가운데서

"나는 시인(詩人)이다." 그런데, 보통 남들 앞에서는 나는, 스스로를 "3류 혹은 5류 시인!"이라 말해오곤 했다. 자신이 '무명시인'이란 말인데, 이 말은 시인이라는 말을 쓰기가 쑥스러워서였다.

그런데 지금은 아니다. 시인이라 떳떳이 이야기 하고 싶은 것이다. 뭐 3류인들, 5류인들, 그래봤자 달라질 것도, 손해 볼 것도 없다. 그냥 떳떳이 '나 시 쓰는 사람이오!'라고 말해도 되겠다 싶어졌다.

시를 쓰고 나서, 언제부터였을까. 남들로부터 자신의 시를 평해달라는 주문을 받기 시작하였다. 이유는? 단순하다. 내가 철학을 연구하고 가르치니, 뭔가 좀 영양가 있는 이야기를 한다고 착각했던 모양이다. 아니 좀 다른 생각을 할 줄 아는 사람이라 생각했을지도 모른다. 여하튼 이 사람 저 사람, 평론을 부탁할 때, 나는 특별한 사정이 없는 한 거절하지 않고 성실하게 써는 편이었다. '내가 그동안 뭘 했던가?' 하고

살펴보니, 여러 편의 시 평론이 쌓여있었다. 글 가운데는 작고한 분의 것도, 현존해 있는 분의 것도 있다. 감회가 새롭다.

아울러 나는 미술 · 사진 · 문학 · 예술 등의 평론도 해왔다. 헤아려 보니 여러 편이 되었다. 전문평론가들이 비평하는 것은 그 나름의 숙련성이 있으리라. 하지만 나는 내 나름의 인문-철학이라는 관점에서 접근하다보니 다른 사람들의 관점과 다를 수도 있으리라. 여기서 '내 나름'이란 말은, 내가 어떤 작품을 읽으며 직관한 '진실'을, 내가 쌓아온 인문-철학의 세계와 경험 내에서 나의 언어로 그려내는 일종의 '개인적 소감(所感)'을 말한다. 그러니까 개인적 소감이란 결국 최재목이라는 '나'의 느낌 · 생각 · 경험에 발을 딛고서, 내가 타자들의 세계 속으로 한 발자국 한 발자국 딛고 나아간/들어선 '흔적'인 것이다.

이 책을 엮으면서 알게 된 것이 있다. 남의 작품-작업을 평론한 언어들이, 결국에는 나의 언어, 내 상처의 형식이었고 내 상처의 시학이었다는 사실이다. 이것을 눈치 채고서 나는 깜짝 놀라고 말았다. 나의 평론이라는 것이 남의 이야기가 아니라 결국 나의 이야기였다는 사실 말이다.

남들의 흔적에는 남들의 역사가 있고, 철학이 있고, 뜻(=의미)이 들어 있다. 하지만, 나는 그것이 곧 나의 것으로 '전이되어 오는/되고 있는' 묘한 지점(=장소)을 경험하곤 한다. 그렇다. 글을 '쓴다'는 것은 내가 남의 것을 헤아려보면서, 결국 내 속에 있는 타자의 목소리, 타자의 발자국 소리, 숨소리를 듣게 되는 일임을, 직감한다. 이것은 남인 듯 나인 '나', 나인 듯 남인 '나', 이 '장소'가 바로 내가 남과 어울리는 '사이(間-際)', 그 둘이 동거하는 '방(거처지)'을 훔쳐보는 일처럼 숨 가쁜 순간이리라. 끊어질 듯 말 듯 이어지는 나의 생명유지를 위한 숨소리처럼, 그래서 나의 생명이 간단없이 유지되는 일처럼, 평범하면서도 또 고귀한 것이 있겠는가.

'나'는 마치 숨이 '끊어질 듯 말 듯, 엇갈리며-교대하며-주고받는 릴레이' 같은 생명선(生命線)에, '온전한 듯-어설프게, 친숙한 듯-낯설게, 가는 듯-오는 듯, 먼 듯-가까운 듯, 순간순간 이어지는' 경계선에 퍼질러 앉아, '살려져서-자각되고 있는' 것이다. '찰라 생, 찰라 멸'이라는, 찰라-찰라의 '사이'에 서성이는 것이 글쓰기임을, 숨쉬기임을, 걷기임을, 살아있음을 안다.

문학과 예술의 활동이란 결국 나를 긁어 남[=타자]을 부스럼 내는-닦달하는 일이거나, 남을 긁어 나를 부스럼 내는-닦달하는 일이라 생각해본다. 그것은 고통이자 위로이고, 위안이자 상처이다.

이 책은 두 가지 내용으로 나누어 엮었다.

Ⅰ. '나'라는 상처 그 시적 형식들 10편

Ⅱ. 문학 · 예술의 고통과 위로 6편

총 16편. 길고 짧은 각각의 글을 쓰는 동안 나는 무척 행복하였다. 사람들을 만났고, 그들의 언어로 만든 세계, 몸짓 발짓으로 만든 미학을 만났다.

글쓰기의 뒤편에는 나를 믿고 글을 맡긴 '사람들'이 있다. 이번에 이 분들을 모두 한 자리에 다 모셨다.

나의 주례로 모인 분들에게, 나에게 상처를 일깨워 준 이분들에게,

그래서 나의 정신적 성숙을 닦달해준 이분들에게, 나는 이런 저런 나의 '생각'을 하게해준 것에 대해 무조건 '감사'의 말씀을 전하고 싶다.

누군가 말했지 않은가. '생각한다'(denken)는 것은 '감사한다'(danken)는 일이라고! 무언가에 대해, 누군가에 대한, '씽크think'(생각하다)는, '쌩크thank'(감사하다)인 것임을, 알게 된 것이다. 나에게 이렇게 많은 '상처의 형식과 시학'이 '있다(Es gibt)'는 것은 바로 남들이 나에게 준 귀한, 숫자로는 계산될 수 없는 '증여물=선물'인 것이다.

새로 어딘가로 나아가기 위해서, 그렇다고 내가 '진보'라는 환상을 믿는 것은 아니지만, 한 발자국에 들어 있는 그 때 그 때의 이 한 발자국만의 진보, 그리고 그 때 그 때의 다시 허물어진 그 한 발자국만의 퇴보를, 조심스레 되새기며, 이제까지 흩어져 있던 소박한 나의 작업들을, 챙겨서 '일단' 마무리하고자 한다.

2017년 10월 31일

대구의 목이재에서

최재목 쓰다

차례

Ⅰ. '나'라는 상처, 그 시적 형식들

Ⅱ. 문학 · 예술의 고통과 위로

I

'나'라는 상처, 그 시적(詩的) 형식들

젊은 날, 그 유배지의 기록
- 박일문의 시집 『살아남은 자의 슬픔』에 대해

1

첫눈이 내리던 날 저녁 무렵. 소설가 박일문 인형(仁兄, 어진 형)으로부터 전화가 걸려왔다. 그는 얼마전까지 서울 근교 분당에서 살았다. 그러던 그가 이제는 시인으로 살아야겠다며 시골로 내려왔다. 그의 전화는 다름 아니라 지금까지 써온 시를 출판하기로 되어 있는데 발문을 써 달라는 것이었다. 나는 남의 창작물에 대해 평가를 내릴 정도의 훌륭한 작가도 아니거니와 또한 내나름의 의견을 남에게 제시할 정도로 충분한 지식도 갖지 않은 처지이기에 승낙하기가 힘들었다. 남의 요청을 거절하지 못하는 딱한 버릇의 나이기도 하지만, 이번 경우는 성격이 다른 문제였다. 웬지 나는 인형의 요청을 떨쳐 버릴 수가 없었다. 돌이켜보면 그것은 아마도 그와 80년대의 얼마간 '함께 보낸 날들'에서 맺어진 끈끈한 추억, 아니 따뜻한 연분때문일 것이다. 그의 전화를 받고 떠오른 젊은 날의 추억은 내가 사는 시저동에 내리는 첫

눈만큼이나 가슴설레며 그리운 것이었다.

그 시절, 경산의 압량벌 아니면 대구의 동성로나 반월당, 혹은 시내 한복판의 어느 거리를 '함께 보낸 날들', 그 현실을 고뇌하며 젊음을 보냈던 청춘들, 이제 그들은 뿔뿔이 흩어져 각자 어디서 어떤 형태로 살아남아 있을까? 80년대 이데올로그들의 90년대 적응방식이랄까, 다양한 길찾기랄까, 그런 90년적 삶의 모색은 이미 그가 『아직 사랑할 시간은 남았다 1, 2』라는 장편소설에서 충분히 이야기한 걸로 안다. 그런데 이번에 나는 그의 시를 통하여 살아남은 자의 이야기를 듣고 싶었던 것이다. 시집 가운데 몇 편은 그가 군입대 전, 〈고전〉 다실에서의 개인시전에서나 동인지에 발표한 것도 있다.

소설가 박일분 이전의 내가 아는 그는 나보다는 두어 살 선배의 문학청년으로 대학을 수석으로 들어온 법학도였으나 전공과는 무관하게 원고지를 들고 다니며 공사판이나 노동판에서 문학수업을 해오던 리얼리스트였다. 그는 고등불교학생회 활동을 하다가 한 번 행자생활을 했었고, 대학 들어와서도 방학이 되면 절에 들어가 여러 차례 행자생활을 한 것으로 안다. 그만큼 그와 불교와는 인연이 깊었던 듯하다.

1982년이었던가, 그는 나와 〈백전(白戰)문학〉 동인으로서 함께 작품활동을 한 적도 있다. 〈백전문학〉 4집에 발표한 그의 시는 군에서 쓴 몇 편의 시였는데, 이번 시집의 '크래커'라는 시가 예전의 동인지에서 발표된 시다. 군제대 후 그는 군에서 쓴 시만을 모아 『병영일기』란 시집을 냈고, 서울에서 직장생활을 하며 머칠인가 하다가 그만두었다. 문학청년에게는 여러모로 좋은 조건의 직장이었는데, 어디엔가 소속되기를 싫어하는 그에게 직장생활은 견뎌내기 힘들었던 모양이다.

「1986 · 서울, 겨울의 기록」을 보면 그 시절 그의 삶의 모습이나 의식의 단초가 보이는 듯하다.

서울 한 구석 고시원에서
나는 시궁쥐처럼 살았네
무거운 장화 신고 깊은 발
푹푹 빠뜨리며
서울에서 외롭고 쓸쓸했네
(중략)
눈 오는 아침에는 걸어서
몸 팔러 나갔네
눈 오지 않는 아침에도
걸어서 몸 팔러 나갔네
실크넥타이 메고
입생로랑 와이셔츠 받쳐입고
웹스터 영영사전, 뉴욕 타임즈, 워싱턴 포스트
쌓아 놓고,
나, 몸 팔았네
브레진스키 논문, 자본주의 경제이론 번역하다가
나, 전향하고 싶었네
(중략)
변두리 다방 난롯가에 앉아
눈에 젖은 외투 말리며
수첩에 「서울, 겨울의 기록」을
시로 적었네

소용 없어라
시 몇 편에 회개할 서울이 아니었네
갈탄 난로 깊숙이 미완의 시편을 던져 넣고
나, 눈 오는 서울에서
전향할 수 없었네
서울은 내게 화해의 손
내밀지 않았네

그 얼마 후 그는 출판사를 시작했다. 당시 그는 어떤 정파에 소속되어 여러 가명으로 이념을 선전하던 이데올로그이기도 했다. 그러나 이념의 혼돈 시기이던 1980년대 말, 마르크시즘과 근본불교의 접합점을 고뇌하던 그는 출가를 해서 여러 스승을 찾아다녔고, 법정스님을 만났고 지금은 백양사에 계시는 지선스님을 삶의 스승으로 모셨던 듯하다. 그 이후 그는 대구에서 〈불교문화원〉을 열어 불교경전을 좌파이념과 연결시켜 강의하기도 했고, 그러던 그가 어느 날 갑자기 『살아남은 자의 슬픔』이란 소설로 「제16회 오늘의 작가상」을 수상하여 소설가로 더 잘 알려지게 되었다. 모든 방면에서 늘 국외자였고 서성거리기만 했던 그는 승복을 벗고 공식적인 소설가가 되었지만, 시심은 잊지 않고 소설의 시(詩)라는 텃밭을 일구어왔던 모양이다. 아니, 그것은 정확히 말해서 텃밭이 아닌 그의 본바탕이었는지 모른다. 인형이 나에게 가져온 시는 유신시대였던 1979년부터 문민정부가 들어선 최근의 1993년에 걸쳐서 쓴 것이었다. 그 시편들은 한 젊은이가 15년간 겪어낸 방황과 사랑의 생생한 기록이었다. 그 속에는 80년대가 가로놓여 있고 이념, 혹은 사람들과 사랑하며 몸부림치던 시인 박일문의 남 모르던 시절이 들어 있다. 사람의 일생 가운데 청년 시절은 여러 삶을 모색하는 시기이므로, 우리가 젊음을 '삶의 유배지'라고 불러도 좋은지 모르겠다. 바로 박일문의 시는 '젊음, 그 삶의 유배지에 대한 기록'이다. 나는 지금 그의 신산스런 족적이 담긴 기록을 훔쳐보고 있다.

2

여전히 스물의 청년으로 보이는 박일문의 눈과 가슴은 맑고 따스하다. 그의 성정 속에는 스스로를 비추는 맑은 물이 흐른다. 그렇듯이 박일문의 시에서는 윤동주의 시에서 찾을 수 있는 자기비판, 자기반성, 가열한 자기부정의 구절이 자주 발견된다. 그것은 그가 살아오면서 겪었던 내면적인 고통과 겸허한 반성이며, 한때 출가사문으로 그가 접한 불교세계관, 그것은 살불살조라는 부처도 죽이고 조사도 죽이는, 무릇 그 죽임의 정신마저 죽여야하는 가열한 부정의 변증정신이다. 이런 그의 불교적 자기부정의 세계관이 운동권 세계, 혹은 권력세계의 속성을 누구보다 잘 아는 그에게 『살아남은 자의 슬픔』을 쓰게 한 듯하고, 그의 자기고백적 자아비판과 자기부정은 그가 신념했던 좌파이념에 대한 자기부정으로 나아갔고, 마침내 대긍정에 이르는 그 부정의 정신은 경직되고 성마른 문화풍토의 이 땅에서 수많은 오독과 프락션적 비판을 불러일으킨 듯하다. 노회한 장정일의 근거없는 비난 속에서도 그는 시골에서 소요하며, 싸우고 다투는 것은 결국 자기이익을 위해서 하는 일인데 천지가 오래갈 수 있는 까닭은 자기이익을 도모하지 않기 때문이라며 침묵으로 일관했다. 이러한 그의 생활방식은 그의 소설작품 후기에서 종종 드러나지만, 꼭 그가 그렇게 호호탕탕하지만은 않았다.

그는 리버럴한 성격상 사회적 실천 과정에서 철저하게 희생되지는 못했다고 생각한다. 그런 의미에서 그는 아무것도 할 수 없는 자로서 '후배들에게 밟혔고/그들의 안주거리가 되어 씹혀졌'던 것이다. 말하자면 그는 자신의 '소시민적 근성'을 '수치심'으로 직시하거나 자기비판하고 있는 것이다.

정권이 바뀌고 대통령이 바뀌었다
(중략)
그러나 무엇이 나를 여기까지
오게 하였는가
물음은 가혹하다
모든 것은 불안한 나의 수치심과 관계한다
그것은 세상 탓이 아니다
지금껏 나 역시 어떻게 살아왔는가
술잔을 더럽히고 책에 손 때를 묻히며
거짓말을 하고 맑은 물을 오염시키며
그렇게 살아왔다.

-「문경, 눈물에 젖던」 일부

친구 결혼하고
혹은 구속되고,
결혼도 구속도 되지 못한 난,
도대체 당신이 할 수 있는 것은 뭐냐고

후배들에게 밟혔고
그들의 안주거리가 되어 씹혀졌고,

—「학원일지 · 1985」 일부

나는 C. N. P. 논쟁을 제법 즐겼고
변혁과 조직을 제법 떠들었다.
민주와 해방을 이야기하면서
당신에게는 늘 봉건적이었다.
나는 늘 그랬다.
그것은 나의 소시민 근성이었고
나의 한계였다.

—「팔공산 능선 예비군 교육장에서」 일부

그는 '불안한 수치심', '소시민 근성'을 그의 한계로 받아들이고 있다. 그러나 그가 한계라고 반성하는 것은 어쩌면 80년대의 총체적 시대상황이 그에게 그렇게 반성하도록 강요하였다고 보는 편이 옳을 것이다. 다시 말해 그것은 그 개인의 한계인 동시에 80년대가 안고 있던 한계이며 진솔한 모습일 수도 있다. 불안한 이데올로기는 개인에게 무엇을 강요했는가? 그리고 한 개인은 어떤 선택을 하게 되는가? 결과적으로 이데올로기란 무엇이었던가? 여기서 박일문은 고뇌한다.

불안의 이데올로기 속에서
잃는 것이 많구나, 나뭇잎 나뭇잎
그러나 어쩌란 말이냐
이 길이 아닌 다른 길이

어디 있기라도 했었더란 말이냐.

나는 어둠 속으로 달아났다.

-「1987 · 점촌에서」 일부

우리는 거제까지 내려와
각자의 캔맥주를 마시며
유리창 너머 바다를 바라봅니다.
- 우리는 언제 이렇게 멀리 바다까지 내려왔나
(중략)
불안으로 가득찬 우리 미래,
불안했으므로 우리는
서로의 지느러미를 절망적으로 흔들며
(중략)
앞날 없는 청춘의 불안이 우리를
벌것벗은 연체동물로
가슴 아프게 하였습니다.

-「1988 · 거제에서」 일부

나는 당신을 안고 눕습니다.
나는 당신의 배를 찌르며 말합니다.
지상의 가장 아름다운 것은 뭐냐고.
그러면 당신은 입술을 깨물고
단지, 더 아프게 찔러 달라고 말합니다.
우리가 한줌의 겸손한 흙이었던 때,

우리는 서로의 구분이 없던 날로 돌아가
흰 시트의 침대 위에서 점토덩어리처럼 엉깁니다.
소멸에 대한 반항,
우리는 연체동물처럼 온몸을 흔듭니다.
침대는 흙으로 붉게 물들었습니다.

-「첫날 밤」 일부

불안의 이데올로기, 미래에 대한 존재의 불안, 이것은 이십대 박일문 시의 모태이기도 하다. 그리고 또 하나 간과할 수 없는 박일문의 시에 자주 등장하는, 사람을 연체동물이나 흙으로 비유하는 불교적 상상력 또한 그의 시 특징기도 할 것이다. 그 특징들은 '우리가 한줌의 겸손한 흙이었던 때'='우리는 서로의 구분이 없던 날'로 돌아가고픈 여망으로 나타나고, 그것으로 '지상의 가장 아름다운 것'을 성취하고 싶은 것으로 표현된다. 내가 껴안고 싶은 너, 하나가 되고 싶은 너, '점토덩어리'처럼 엉기고 싶은 사랑은 분별과 대립, 투쟁을 벗어나는 일이었고 '갖은 잡탕의 진실'이었다. 그리고 이러한 박일문의 사랑은 개인을 벗어나 '시대와 치명적인 연애'이며, 그냥 '온몸을 흔드는' 곳에서 빚어진 '모든 것의 끝장'이었다.

내가 그대에게 준 것은
뼈 시린 가난뿐이었다
미친 사랑뿐이었다
그대가 나에게 준 것은
화려한 육체 아니라

눈부신 이념 아니라
피 냄새, 땀 냄새, 오줌 냄새
갖은 잡탕의 진실이었다
(중략)
그대는 알 것이다
세상이 우리를 손가락질하여도
우리는 시대와 치명적인 연애를 하였다
그것은 기막힌 눈물이면서
모든 것의 끝장이면서
끝장난 바닥에서 다시 시작하는 것이다

–「사랑을 잃고, 나는 쓴다」 일부

그의 '끝장난 바닥'은 결국 '한줌의 겸손한 흙' '점토덩어리'로 연결된다. 다만 한 개인과의 사랑이 어떻게 사회와 시대로 연결될 것인가 하는 부분에서 박일문은 분명한 대답을 하지 않고 '끝장난 바닥에서 다시 시작하는 것'이라고만 말한다. 그는 바깥의 왜곡된 현실을 개혁하는 혁명전사이기에 앞서 자기의 왜곡된 내면을 다스리는 진솔한 한 인간으로 돌아가고 싶어 했던 것이다. 사랑을 통해 '그대가 나에게 준 것'은 '화려한 육체'도 아니고 '눈부신 이념'도 아니고 '피 냄새, 땀 냄새, 오줌 냄새, 갖은 잡탕의 진실'이었다고 솔직히 말하는 데서 잘 알 수 있다. 바깥으로! 바깥으로! 라고 외칠 때 박일문의 내면 한켠에는 인간의 존재론적인 고뇌와 고독 역시 적연하게 웅크리고 있었던 것이다.

사람을 만나고 커피를 마시고

이별을 하고 때로는 고독에 취한 채
여기까지 밀려 왔건만,
나는 무엇인가?
쓸쓸함밖에 남지 않았다.

-「증명」 일부

춥고도 긴 겨울 밤은 뜨겁고 고독한
섹스였는지 몰라

(중략)

그 겨울 바다 삐걱이는 침대에서
그대와 나를 망가뜨린 세월들
그대와 나를 거리로 내몬 이념들
그들과 치명적인 연애를 하였지

돌아누우면 뼈 마디마디 시린 고독
고통은 우리 몸 속에서 숨죽여 울고
우리는 죽음에 관한 한
절망과 패배에 관한 한

-「아직 사랑할 시간은 남았는데」 일부

박일문은 이렇게 한 인간을 사랑과 고독으로 내몬 것은 결국 '이념', 혹은 이념에서 결코 자유로워질 수 없는, 역사에 기속당하고 결정되는 역사적 존재였다고 본다. 이념은 그대와 나를 '망가뜨렸고' '절망'

과 '패배'로 이끌기도 했다. 그는 '그대와 나를 망가뜨린 세월들' '그대와 나를 거리로 내몬 이념들'과 '치명적인 연애'를 한 것이다. 결국 남은 것은 무엇인가?

3

이념에 구속되고 이념에 자기존재를 내던지며 함께 거리로 나가 80년대를 함께 한 사랑하던 사람이 죽고, 또 친구가 떠나고, 세상이란 장강은 흘러흘러 이곳 저곳으로 흩어졌다. 박일문은 용케도 80년대에 희생되지 않은 것을 '살아남은 자'의 '슬픔'으로 토로한다.

그 술집, 그 길들은 이미 끊어지고 엎어지고
사라져 버렸다.
반월당 약령시장 염매시장 골목
막걸리 집들과 집들 사이 사람과 사람들
그 술집 그 길들 그 사람들
이제 모두 다 사라져 버렸나.
무너진 이데아 부서진 흙벽 사라진 넋들
어제 모두 다 떠나 버렸나
그 길로 이젠 아무도 가지 않는다
혹은 그 길을 두려워한다.
그 자리에 대자본의 빌딩이 들어선다고,
몇 달 후면 집을 비워 줘야 한다고 말한다.

우리는 술냄새 바람냄새 맡으며 취한 길을 걷는다.
모의하고 싸우고 결의하며 일떠섰던 곳
그래서 눈부셨던 곳
빛나던 얼굴
빛나던 눈동자 다 어딜 가고
무너진 이데아 부서진 흙벽 사라진 넋들만 뒹구나.

이럴 순 없지, 이래선 안 되는 법이지.
우리들 중 누군가
아황산가스 검은 하늘을 향해 손을 홰홰 젓는다.
광주 5 · 18이 이렇게 끝나게 되는 것이냐
이래도 되는 것이냐
길가 가로수를 잡고 음식물을 토한다.
친구가 등을 두드려 준다.
하늘을 본다, 비틀거린다, 중얼거린다, 생각한다.
이 거리에서 살아 있던 것들은
모두 어데로 사라져 버렸나.
푸른 날, 목줄을 튕구던 혈관은 어데로 사라져 버렸나
이제 그 혈관 속으로 탁한 피가 흐르는 것이냐
이제 서른이 넘은 네가, 내가, 우리가 죽은 것이냐

하늘을 보아라.
하늘은 아직 우리를 조롱하지 않는다.
우리가 우리를 부끄럽게 생각할 뿐이다.

-「살아남은 자의 슬픔」 전문

박일문은「이 거리에서 살아 있던 것들은 / 모두 어데로 사라져 버렸나...이제 서른이 넘은 네가, 내가, 우리가 죽은 것이냐」라고 자문하고, 이에 그는「하늘을 보아라 / 하늘은 아직 우리를 조롱하지 않는다 / 우리가 우리를 부끄럽게 생각할 뿐이다」라고 자답한다. 그래서 '휴식분자'인 '스스로에 대하여 참회의 시간은 길었다'고 말한다. '살아남은 것이 침묵을 강요했으므로' '우리는 침묵하였다'고 대답할 뿐이다. '휴식분자', '대오의 이탈'은 '불빛', 지난 시대가 제시한 '이념' '길'의 상실과 통한다. 지금까지 믿어왔던 가야 할 길의 좌표를 잃어버린 것이다. 오히려 그것은 다행스런 일일지도 모른다. 어디까지나 그것은 '강요'당한 이념일 수도 있고, 미래를 도모하기 위해선 보다 더 부드럽고 말랑말랑한 관념들이 필요하기 때문이다.

> 우리를 비추던 마지막 불빛마저 사라질 때
> 우리는 가축처럼 길을 잃고 방황하였다
> 대오의 이탈에 대하여
> 휴식분자인 스스로에 대하여
> 참회의 시간은 길었다
>
> 우리는 침묵하였다
> 살아남은 것이 침묵을 강요했으므로
>
> -「사랑을 잃고, 나는 쓴다」 일부

4

박일문의 삶의 족적 밑에는 역사적 고뇌와 존재론적 고뇌가 함께 드리워져 있는 것이 특징이다. 그것은 이념에 내몰리며 우리들이 겪어야 했던 삶의 혼돈이자 정상적인 삶의 해체가 빚어낸 쓸쓸한 낭만이거나, 오랜 시간이 흐른 뒤에는 결국 허정으로 귀착되는 세계이다. 그래서 그는 동구가 무너질 즈음 출가사문으로 있었던가? 어쨌든 '당신'과 함께 겪어야 했던 박일문의 고뇌의 나날은 결코 행복이나 불행의 언어로 표현할 수 있는 성질의 것은 아니었다. 이제 육년 혹은 칠년 동안 그에게 홀로의 삶을 강요한 사랑했던 사람의 이야기를 하자.

내 생각에 장편 『살아남은 자의 슬픔』의 '라라'나 『아직 사랑할 시간은 남았다1 2』의 '서화란'이나 『장미와 자는 법』의 '관정'의 모델이기도 했던, 가인이던 그녀는 영문학도이자 문학청년으로서 소설 속의 '라라'처럼 대학을 중도 포기하고 이현공단에서 섬유노동자로 살아가던 사람이었다. 그녀는 그 시대의 많은 여성활동가들이 대개 그러했듯이 자수리치나 콜론타이, 시몬느 베이유처럼 살고 싶었던 것일까. 이제는 아마 박일문에게 있어 『함께보낸 날들』이란 시집 출간의 의미도 그녀 극복하기의 일환이 아닌가 한다. 그리고 남은 날들을 위해서 그래야 마땅하다고 보며, 그 역시 이젠 충분히 극복했을 것이다.

하루에도 수차례 드나들었던 당신의 광기는
죽어서야 끝났습니다.

-「영안실에서」 일부

- 전 죽을 거예요. 죽어 버리고 말 거예요.

(중략)

- 왜 하필이면 출가를...?

(중략)

〈어쩔 수 없었습니다. 나도 내 광기를.
출가사문이 되지 않고는
나도 내 삶을 견딜 수 없었습니다.〉

당신의 죽음이 내 광기를 잠재울 줄이야.

-「광기」 일부

'당신'의 죽음으로 그의 고뇌와 광기는 잠들었다고 한다. 그러나 박일문에게 당신은 그녀의 의미만 있는 것은 아닐 것이다. 박일문에게 '당신'은 우리들이 함께 겪은 시대며 역사이자 그 이념들도 내포될 것이다. 80년대의 진보적 구상들은 공중분해되고 거품만 남은 지금의 삶은 그에게 그런대로 만족할만한가? 이제 박일문에게 묻고 싶다. 아니라고 한다면 '당신'은 아직 죽지 않아 더욱 승화 발전된 모습으로 나타날 것이고, 그로 인해 그의 '고뇌'도 아직 끝나지 않을 수밖에 없다. 아니 그는 더 철저한 고뇌를 바탕으로 이제부터 더 많은 지적, 정신적 모색을 해야 할 것으로 본다. 그리하여 보다 근본적이고 진보된 내용과 형식의 90년 대적 모색만이 박일문의 철저한 자기 이해를 가능케 할 것이다. 뿐만 아니라 나와 너 그리고 우리, 인간과 자연 우주, 사회와 역사에까지 내면적 사색의 폭을 넓혀 줄 것으로, 나는 박일문에게 당부하고 싶다.

우리들에게 '젊음'이라는 것은 여전히 '삶의 유배지'다.

유배지는 자신의 삶을 되돌아보고 삶과 행복이 무엇이며 우리는 왜, 어떻게 사는 것인가에 대한 부족했던 생각들을 메울 수 있는 그야말로 '생애의 정신적인 안식년'일 것이다. 방황과 고뇌의 불감증에 빠진 요즘의 청춘들이 청년 시절을 삶의 유배공간이라 생각하고 이 시편들을 읽어나간다면, 거기서 삶의 새로운 의미도 발견할 수 있을 것이다. 이렇듯 우리들의 거급된 자기부정으로서의 삶, 출가(出家)는 자기완성(해탈)을 위한 것이다. 단지 이번 그의 시집에서 안타까운 것이 있다면 발표기회를 오랫동안 놓쳐버린 나머지 시의성이 없다는 점일 것이다. 하지만 그가 최근의 「첫날밤」이나 「고향」이란 시에서 보인 생태주의적 상상력들은 분명히 90년대적 요소이며, 그의 1979년 작인 「낙강에서」 그리고 「메포강변」의 서정성과 연결되어 있음을 알 수 있다.

이제 시골에 자리를 잡아 좋은 글을 써서 세상에 보답해야겠다고 말하는 박일문 인형을 통해, 그의 지난 삶의 과정이 남(他者)을 따뜻하게 이해하기 위한 가열한 심신의 수행이었음을 다시금 느낀다. 이제 그에게 더 좋은 시와 소설을 기대해 본다. 그리고 이렇게 추운 날 인형의 건강을 빈다.

출렁임의 문법 혹은 문리(文理)에서 소요(逍遙)하기

- 시인 박해수론

1. 세 번을 출렁이던 시인

한 인간이 사라진다는 것은 한 사람의 '그 모든 것'이 상실을 의미한다. 그 사람의 몸과 생각, 느낌과 추억, 기쁨과 아픔, 상상력과 전망의 총체적 소실이다. 그러나 흥미로운 것은 그 소실점에서 한 인간의 진지한 평가가 비로소 시작된다는 점이다. 그 사람이 남긴 사리(舍利)는 그때부터 재를 털고 수습된다. 생전의 작업들이 차츰 객관화되고, 태양이 사라진 하늘에 달과 별이 얼굴을 내밀 듯이 생애를 통해 추구했던 의미들이 고개를 쳐들기 시작한다.

시인의 경우 많은 유품 가운데 문자사리(文字舍利)가 단연 으뜸이다. 시어에는 한 사람의 삶이 온축된 집 한 채가 고스란히 들어 있다. 시라는 형식은 그 사람의 몸집이고, 시구(詩句)의 내용은 그 사람의 살이고 피이며, 시의 운율은 그 사람의 몸짓, 즉 손짓, 발짓이다.

유년기부터 시재를 발휘한 한 시인이 있었다. 바다 해(海) 물 수

(水) - 바닷물의 시인. 줄여서 '바다의 시인'. 시인 박해수. 농담으로 박해수를 '바케스...'라고 부르기도 했지만, 여하튼 시인은 물과 인연이 깊다. 국선도로 단전호흡을 하여 몸을 단련하여 상당한 경지에 오르기도 하였다. 몸을 기(氣)로 이해하고, 단련하고자 한 것은 그가 '바다+물'에 일찍이 눈을 돌렸던 탓도 있을 것이다. 바다에 누워 떠 있는 것처럼, 몸과 마음을 기의 바다에 띄웠던 것이다.

물결을 따라 흔들리는 몸과 마음. 이것은 여기서 그치지 않았다. 그의 시어를 흔들고, 삶을 흔들며, 지상에 살면서 늘 지상을 너머를 드나들고 있었다. 말하자면 초월을 지향하는 것이다. 실제로 그는 1970, 80년대에는 영원한 생명을 잉태하는 곳, 모든 생명들을 창조하는 곳을 바다라고 생각하여 그의 시는 바다...바닷물로 출렁대었다. 『바다에 누워』, 『서 있는 바다』, 『바닷가 성당에서』처럼, 그의 시집 속에서는 모두 바다가 출렁이고 있었다. 더구나 1974년 한국문학 신인상 당선 작품 '바다에 누워'가 1985년에 MBC '대학 가요제'에서 높은 음자리가 노랫말로 만들어 대상을 받았다. 이후 그는 대중들에게 '바다의 시인'으로 각인되었다.

그의 시를 읽고 있으면 걷잡을 수 없이 출렁댄다. 울렁증을 자아낸다. 마치 무당처럼 중얼중얼 자꾸 꼬리에 꼬리를 물며 파도처럼 시가 얽히고설키며 앞으로 출렁출렁 나나간다. 그렇게도 출렁이다가 그는 세상을 떠났다. 그는 바다로 간 것이 아니다. 맨발로 걸어서, 하늘까지 가버린 것이다. 저 하늘은 살아서는 갈 수가 없고, 오로지 죽어서만 갈 수 있다. 하늘로 가는 길은 멀고멀다. 혹여나 길을 잃을까 싶어 그는 간이역 마다 미리 시를 적어왔다. 그래서 '간이역 시인'이 되었다. 징검다리처럼 시를 적어 표식을 해 둔 것이다. 그래서 그는 다른 사람의 영토를 밟은 것이 아니라 자신의 시의 영토를 밟고서 갔다. 이제 하늘로 갔으니 '하늘의 시인'이라 부르도록 한다. 실제 그의 시에는 '걸어서 하늘까지' '맨발로 하늘까지'처럼 하늘로 가는 시편이 그의 시 전체를 지상에서 천상으로 이끌고 있다. '바다의 시인'에서 '간이역 시인'으로 다시 '하늘의 시인'으로 세 번 출렁이며 시인 박해수는 나아갔던 것이다. 여기에 그의 시적 '문법' 혹은 '문리(文理)'가 숨어 있다.

2. '바다' – 질서와 혼돈의 문법

'나'라는 단독자의 목숨은 참 나약하면서도 참으로 위대한 것이다. 아득한 바다 같이 영원을 바라보면서도 결국은 저무는 노을을 쳐다보아야 하는 유한한 존재이다. 일회적이고 덧없는, 세상에 그냥 내던져진 불안한 존재이다. 그래서 더 아름답고 애달프고 슬픈 것이다. 시인의 대표시 중의 하나인 '바다에 누워'를 보자.

내 하나의 목숨으로 태어나
바다에 누워
해 저문 노을을 바라본다
설익은 햇살이 따라오고
젖빛 젖은 파도는 눈물인들 씻기워 간다
일만(一萬)의 눈초리가 가라앉고
포물(抛物)의 흘러 움직이는 속에
뭇 별도 제각기 누워 잠잔다
마음은 시퍼렇게 흘러 간다

바다에 누워 외로운 물새가 될까
물살이 퍼져감은
만상(萬象)을 안고 가듯 아물거린다.
마음도 바다에 누워 달을 보고 달을 안고
목숨의 맥(脈)이 실려간다
나는 무심(無心)한 바다에 누웠다
어쩌면 꽃처럼 흘러가고 바람처럼 사라진다
외로이 바다에 누워 이승의 끝이랴 싶다.

- '바다에 누워' 전문[『바다에 누워』, (심상사, 1980)]

시인의 시에는 세상을 향한 '일만(一萬)의 눈초리'가 숨어 있다. '목숨의 맥(脈)'을 놓치지 않는 그 시야는 결국 하나의 지점 '이승의 끝'에 가 닿는다.

'해 저문 노을'에서 일탈한 '설익은 햇살'은 이승과 저승을 떠돈다. 모든 빛은 어둠을 배경으로 존재를 드러낸다. 어둠에 해당하는 근본 배경은 물이다. 바다이다. 마치 고대 희랍의 철학자 탈레스가 만물의 근원을 물로 보았듯이 박해수 시인도 만상의 근원을 물로 보고 있다. 바다는 모든 것을 만들어내는 것인 동시에 모든 것을 앗아가서 담는 그릇인 것이다. 창조 - 질서인 동시에 소멸 - 혼돈인 셈이다. 아폴론적인 동시에 디오니소스적이다. 그 사이를 쓸쓸히 떠도는 빛 '빛' 혹은 '새벽별'. 이것은 이승과 저승의 사이를 서성이는 인간의 눈동자이고 지성이고, 희망이고 비전이며, 욕망 아닌가.

3. '간이역' – 만남과 떠남의 문리(文理)

박해수시인은 1938년에 그의 어머니가 남겨 놓으신 사진 한 장을 보고 큰 감동을 얻어 간이역을 떠돌면서 시를 쓰게 된다. 2000년대 이후의 일이다. 이래서 그는 '간이역 시인'이 된다.

일부러 나는 〈한국디지털도서관〉에 들어가 1938년에 찍은 그의 모친 사진을 찾았다. 철로서 선 그의 모친과 친구 분의 발밑에 선명히 철로가 보이고, 그 오른 쪽에 적힌 글귀 "노을은 우주를 물들이는데 레일에 선 부평의 이 두 몸은! 1938"이 돋보인다. 박해수 시인은 이것을 재해석하여 '철로에 서 있는 부평(浮萍)의 마음'을 찾아낸 것이다. 이를 계기로 그는 간이역을 떠돌며 시를 쓰게 되었다. 그런 가운데 대구문화방송에서 '경부철도 100년, 현대시 100년'을 기념하면서 간이역마다 박 시인이 지은 시로 시비를 세워주게 된다. 이에 그는 '바다의 시인'에서 '간이역 시인'으로 바뀌게 된다.

『죽도록 그리우면 기차를 타라』(한비CO/2014)(이 시집은 처음 북랜드, 2008 간행)는 제목으로 간행된 시집 표지 사진에 "어머니, 간이역에 서 있네"라는 설명과 더불어 위의 옛 사진이 실린다.

시집 『죽도록 그리우면 기차를 타라』에는 간이역(경춘선, 영동선, 동해남부선, 중앙선, 장항선, 전라선으로 구성)을 배경삼아 사랑과 고마움, 따뜻함, 어머니의 애절한 마음 등을 담은 시편이 실렸다.

> 삶이 역이라면 좋겠다
> 사방팔방으로 가도 좋으니까
> 마음 헛 짚어
> 역마살이 끼어
> 이리 해매고 저리 해 매어도
> 역은 항상 역으로 거기 그 자리…
> 상처받은 가난한 마음의 행로여
> 내 마음의 행군이여
> 이 저녁 역으로 가는 길에
> 발자국을 남기고
> 역마살을 남기고
>
> -'죽도록 외로우면 기차를 타라'[『죽도록 외로우면 기차를 타라』, (한비CO, 2014)] 전문

출렁이던 바다 물의 이미지는 역시 '역마살'로 기차선로 위에 남아 떠돈다. 간이역마다 감성을 거느리며 술렁이고, 출렁인다. '삶이 역이라면 좋겠다/사방팔방으로 가도 좋으니까'에서처럼, 삶은 역이다. 아니 간이역이다. 그렇다면 몸은 기차이다. 삶을 거쳐 가는 각 과정마다

몸이 지나간다. 신발을 끌며 덧없이 에매는 그 술렁이고 출렁이는 모습은 '역마살'이라는 단어에 응축된다. "오늘도 걷는다 마는 정처없는 이 발길" 아닌가. 노마드적인 유랑의 삶을 가르쳐 준 것은 시인의 모친이 남긴 사진이다. 그 '잃어버린 기억을 찾아서' 그는 빙의된 것처럼 간의역을 에매고 다닌 것이다. 간이역마다 세워진 그의 모든 시비는 시인이 임종에 이르기까지 걸었던 족적을 담아낸 한편의 유언이거나 인생 자술서처럼 보인다. '내 마음의 행군이여/이 저녁 역으로 가는 길에' 남긴 '발자국'이다.

4. 아름다운 삶의 종착역 – 맨발로 걸어서 하늘까지

'바다에 누워' 시 마지막에서 시인은 '목숨의 맥(脈)이 실려간다/나는 무심(無心)한 바다에 누웠다/어쩌면 꽃처럼 흘러가고 바람처럼 사라진다/외로이 바다에 누워 이승의 끝이랴 싶다.'고 말했다. 땅에서 삶이 나와서 떠나는 곳 또한 이 땅이다. 그러나 삶의 에스프리는 천상으로 상승한다. '혼비백산(魂飛魄散)'이란 말에서 보듯이, 육체적 – 물질적 상징인 '백(魄)=얼'은 땅으로 흩어져 흙과 먼지가 되고, 정신적 – 영혼적 상징인 '혼(魂)=넋'은 하늘로 가서 구름처럼 떠돈다.

인간의 욕망 가운데 가장 주요한 두 축은 삶 – 창조를 향한 의지와 죽음 – 파괴를 향한 의지이다. 프로이트는 인간이 가지고 있는 삶을 향한 충동을 에로스(Er s)라 했고 죽음충동을 타나토스(Thanatos)라고 했다. 에로스는 죽음으로의 질주와 하강을 부단히 억제하고 지연시킨다. 반면 타나토스는 삶을 향한 의지와 몸부림을 끊임없이 방해하고 단절시키려 한다. 이 두 힘의 밀고 당김의 균형이 삶을 건강하게 지탱한다. 우리 식으로 말하면 혼백의 '결합=삶'과 '분리=죽음'이라는 두 축이 부단히 균형을 찾으려는 것이 삶의 본질이다.

> 새벽 5시 30분 수성 못 맨발로 걸으며
> 울음나무 곁으로 간다.
> 툭, 툭 얼룩지는 삶의 그늘이 발톱긴풀로
> 그늘진 물그림자를
> 꽁꽁 묶고 있다. 북새통 반세기, 시를 껴안고 울었으나
> 울음나무가 되지 못했다. 종(鐘)을 치고 싶었다.
> 젖어서 마음 젖은 맨발로 하늘까지 가면 된다.
>
> \- '맨발로 하늘까지'[『맨발로 하늘까지』, (온북스, 2014)] 일부

박해수 시인의 시에서도 끊임없이 하늘로 향하려는 의지를 찾아 볼 수 있다. 이런 의지는 그의 시 세계 전체를 관통한다. 이런 시세계의 근저에는 그가 기독교 신자였다는 전제도 있겠으나 그보다 더 근원적으로 시인 특유의 감성 형식이라 규정하는 것이 좋을 것이다.

> 무릎 꿇어 갈 수 있을까
> 멀리 멀리
> 걸어가면 아득하리라
> 우리의 하늘을
> 하늘을 보면
> 정말 걸어서 갈 수 있을까
> 등나무 줄기를 타고
> 저승꽃처럼

쇠별꽃처럼 피어서
아무렇게나 홀로 걸어서
하늘까지 갈 수 있을까

저녁 해 바라보며
삶꽃 피우고
하늘 가는 길은
저녁놀에 파묻혀
별들도 쉬어간다는
저 하늘 위
걸어서 걸어서 하늘까지
걸어서 갈 수 있을까
-'걸어서 하늘까지'[『걸어서 하늘까지』, (문학세계사, 1989)] 일부

촛불을 들고
하늘 역을 어리둥절
찾아 갔습니다
남루한 아버지와 형과 아우가
먼저 도착해 있다고
우선 나를 찾았습니다
하늘 역에는
부모와 동기간도 없고
만남과 이별도 없고
영원히 사는 것뿐이라고
하늘 역에는 고통스런 시를 쓰지 않아도

좋은 시들이 많은 것이라고
내 마음을 몸을 하늘 역처럼 살라고
하늘 역을 놓았다고
촛불을 들고 나와
어리둥절 찾지 않아도 되니
몸과 마음속에 하늘 역을
만들어 놓아라고
자꾸만 네 마음에
하늘 역을 만들어 놓아라고
네 시가 가는 곳이 바로
하늘 역이라고,

– '하늘 역'[『죽도록 그리우면 기차를 타라』, (북랜드, 2008)] 전문

우리는 비극의 한복판에 서 있다. 그런 가운데서 희극을 생각한다. 희망을 갖는다는 것은 고통스런 일이다. 그러나 아픔과 상처를 달고 살아가면서, 가끔 고개를 들어 맑고 푸른 하늘을 보는 일은 얼마나 기쁜 일인가? 그러나 이런 비극과 희극 모든 것이 일순 사라지는 곳이 있다. 우주만물과 내가 하나 되는 경지이다. 이런 대자유의 경지는 죽임이다. 결국 우리의 목적은 우주와의 하나 됨, 신과의 하나 됨, 일자(一者)와의 하나 됨이다.

불교에서 말하는 아미타불(阿彌陀佛)을 생각해본다. 무한한 목숨(無量壽)과 무한한 빛(無量光)인 그분은 오랫동안 수행하여 10겁(劫) 전에 이미 부처가 되어 서녘 저 '극락(안락)'이라 불리는 정토에서 설법을 하고 계신단다. 이분을 만나려면 지금 여기서 서쪽으로 십만 억

(현대의 숫자 계산으로 친다면 십만 조) 개의 정토를 밟고 지나서야 닿을 수 있단다. 그러나 내 발로 걸어서 가기에는 너무 아득하다. 그러나 아니다. 단 한 번이라도 그분의 이름을 외치기만 하면 마음속에서 바로 만날 수 있다. 또한 미륵보살은 어떤가? 56억 7천만년 뒤에 오실 준비를 하고 계시는 미래불이다. 이 분이 오시기를 기다리려면 자그마치 56억 7천만년을 기다려야 한다. 그동안 고독 속에서 "헤일 수 없이 수많은 밤을" 견뎌야 한다. 우리의 수명을 생각한다면 현생에서는 기다릴 생각을 말아야 한다. 아니 차라리 죽어서 그분을 만나는 게 나을 것 같다. 그러나 아니다. 간절한 소망과 믿음이 있다면 살아서 언제든지 그분을 접견할 수 있다. 공자는 아침에 도를 들으면 저녁에 죽어도 좋다(朝聞道夕死可矣)고 하였다. 진리(도)에 접하는 순간 이미 영원에 들어서게 되니 세속적인 의미의 죽음이 이 몸에 손댈 수 없다. 진리에 든다는 것은 영생이라는 무한의 시간에 눈 떠는 것이다. 서양에서는 인간이 생로병사에서 경험하는, 해가 뜨고 지는 식의 지속적인 시간을 '크로노스(Kronos)'라 하고, 선택과 결단, 자각으로 만들어지는 주관적, 의식적인 시간을 '카이로스(Kairos)'라고 한다. 전자는 인간이 관리 불가능한 시간이고 후자는 우리들이 마음먹기에 따라 달라질 수 있는 시간이다. 불교에서 말하는 무량의 시간은 카이로스 차원이다. "가도 가도 끝이 없는 고달픈 길 나그네 길"처럼 살아 있는 가운데서도 우리는 순간순간 아승기겁(=영원)을 경험한다. '염념보리심, 처처안락국((念念菩提心, 處處安樂國)'이라 했다. 한 생각 생각이 청정하면 머무는 곳마다 극락정토라는 말이다.

하늘의 품에 가서 안기는 일, 그것이 종착역이다. 하늘역에 가면 먹지 않아도 되고, 입지 않아도 된다. 돈을 벌지 않아도 되고, 시를 쓰지 않아도 된다. 그곳에는 '만남과 이별도 없고/영원히 사는 것 뿐'이다. 이런 영원은 하늘역=천상세계=죽음의 세계에서 만날 수 있다.

박해수 시인이 찾아 간 곳은 바로 이 영원의 세계이다. 그는 이미 시를 통해서 그 세계를 살아서 경험했다. 술렁이고 출렁이는 삶을 '바다의 시인'에서 출발하여, '간이역의 시인'으로, 마지막으로 '하늘의 시인'으로 '걸어서 - 맨발로' 찾아갔다. '하늘 가는 길은/저녁놀에 파묻혀/별들도 쉬어간다는/저 하늘 위/걸어서 걸어서 하늘까지' 그는 가버린 것이다.

박해수 시인은 대륜고등학교에 재학 중이던 1964년 시집 『꽃의 언어』를 펴냈다. 그의 처녀시집에서 제목은 그의 자유로운 언어적 리듬을 예고한다. 화사한 꽃, 그 언저리에서만 바라볼 수 있는 술렁이고 출렁이는 '꽃=시'의 '언어=진실'를, '바다 - 간이역 - 하늘'을 전전하며, 형상화하고 있다. 언어는 바로 시의 세계이자 삶의 세계이다. 그 내면에는 운율을 통해 드러나는 박해수 시인 특유의 몸짓, 손짓, 발짓, 어투가 있다. 이것이 박해수 시인의 풍류이고, 멋이다.

[고인이 된 선배에게, 생전에 못 전한 몇 마디 군더더기를 술 한 잔과 향불 대신 올립니다.]

'붉은/푸른' 상처로 그린 작묘도(鵲猫圖)

- 이원식 시인의 『리트머스 고양이』를 읽고 -

0. 해설을 맡으며

지난 7월 어느 날, 가끔 만나는 시인 한 분이 찾아와 이원식 시인의 『리트머스 고양이』라는 제목의 제 2시조집 원고를 보여주고는 여기에 해설을 좀 써달라고 부탁을 하였다. 단시조 80편을 5부 - 제1부: 생(生)의 시울, 제2부: 리트머스 고양이, 제3부: 날마다 산방(山房), 제4부: 풍뎅이를 위한 시, 제5부: 소중한 편린(片鱗) - 로 구성한 시조집이었다.

사실 나는 시인도 잘 모를 뿐 아니라, 시 해설을 써본 경험이 적어, 대답을 하지 않고 '어쩌지…' 하며 좀 머뭇거렸다.

그런데 원고를 조금씩 읽어가노라니 시인 자신이 이미 불교에 깊이 발을 들여놓고 있으며, 시상(詩想) 자체가 불교적임을 알 수 있었다. 특히 제3부는 「은밀한 수행(修行)/겨울 암자/ 어떤 순례(巡禮)/날마다 산방(山房)/폐사 연등(廢寺 蓮燈)/108배 하는 동안/꽃과 바람 - 설

산스님의 입적/겨울, 동학사/겨울 화두(話頭)」 등의 제목에서 느낄 수 있듯이 모두 불교와 관련된 작품들이다. 최근 나도 불교에 관심을 기울이고 있는 터라 흥미를 갖고 시를 찬찬히 음미하게 되었다. 더욱이 시인의 시적 자아는 '여성적'이라 할 만큼 매우 여리고도 섬세함을 알 수 있었다. 세상과 접하면서 이래저래 참 많이도 긁혔을 삶[生]의 '상처'가 색채감 있게 점묘(點描)되어 표현된 곳곳에서 공감하는 바가 많았다.

나는 이처럼 시인의 시적 자아에 호기심을 가지면서 주제넘게도 해설을 맡겠다고 말을 해버렸다. 시인의 상처에 바를 고약을 대신할 조언이라도 해야겠다는 생각에서였지만, 시인의 상처에 약발이 있을지 두렵기만 하다.

1. 피 흘리는 자아
-'붉은/푸른' 리트머스 고양이-

이원식의 시조집 『리트머스 고양이』는 제목을 봐서는 이해가 쉽지 않은 점이 있다. 시조집의 제목이 된 작품이 '리트머스 고양이'이다. 왜 하필 '리트머스'와 '고양이'를 합해서 제목을 만들었을까? '리트머스'와 '고양이'는 뭔가? 등등 많은 생각이 들기도 한다.

그래서 실제로 '리트머스 고양이'를 읽어보니, 시의 맨 마지막에 '붉은/푸른'이란 말이 나온다. 이 구절을 읽고 나는 그 상징을 통해서 어느 정도 해답을 얻을 수 있었다.

우선 '리트머스'(litmus)란 무엇인가? 리트머스는 화학 용어이다. 즉 그것은 이끼 종류의 식물에서 짜낸 자줏빛 색소로서 알칼리를 만나면 푸른색이 되고, 산을 만나면 붉은색이 되므로, 알칼리성인지 산성인지를 검사하는 지시약으로 쓴다. 리트머스가 알칼리에서 '푸른 색'을 산성에서 '붉은 색'을 보여주듯이, 고양이를 리트머스에 비유하여, 그것(=고양이)이 어둠/상처와 빛, 고독/아픔과 열락 등을 만나면서 '붉은/푸른' 반응을 보이는 것을 의미하고자 했다는 점을 직감할 수 있었다.

인적 없는 곳에서는
바람도 꽃이었다

꽃이 되고픈 길고양이
바람의 잎을 떼고 있다

상처 난 발자국 따라
수놓는 헌화(獻花)

붉은,
푸른

-「리트머스 고양이」 전문

이 시조를 읽어보면 알 수 있듯이 이원식 시인은 한 마리의 고양이가 〈어둠/상처/고독/아픔=산성〉→〈'붉은'빛 반응〉, 〈빛/열락=알칼리〉→〈'푸른'색 반응〉 식으로, '리트머스 대 고양이'를 절묘한 색채 감각의 틀 내에서 비유하여 시적 자아를 열어 보인다. 이를 정리하면 아래 표와 같다.

'붉은'	←	헌화	←	상처(난 발자국)	←	바람	←	**고양이**	→	(바람의) 잎	→	꽃	→	'푸른'
								리트머스						

시인의 '자아'는 〈리트머스 - 고양이〉에 투영되고, 사물에 대응하며 '붉은/푸른' 색감으로 알록달록한 '꽃무늬'처럼 드러나는 대목에 이르면 참 눈물겹기도 하다. 자아는 '붉은/푸른' 피를 흘리며 서 있는 것이다. 아파도 겉으론 아프지 않은 채 웃고 있으면서(←푸른) 속으로는 눈이 벌겋도록 울고 있는(←붉은) 것이다. 그것은 모든 중생들의 삶이기도 하며, 그런 삶을 위해 올린 '헌화'(獻花)이다.

2. 새와 고양이로 짜낸 세계
- '작묘도(鵲猫圖)' -

이원식의 시조집 『리트머스 고양이』에는 제목에서부터 이미 암시하고 있듯이 '고양이'라는 시어가 많이 나온다. 이와 더불어 '새'라는 말도 많이 등장한다.

실제 시인의 시조집에서는, 인간 '세상 밖'에서 살고 있는 '고양이'와 '새'가 매우 중요한 위치를 차지한다. 이 두 이미지는 그의 '상처 입은 자아'를 이리저리 끌고 다니며 이곳저곳에 핏자국을 만들면서 상처가 만든 꽃밭을 통해서 시 세계를 확대하고 다채롭게 해준다. 다시 말해서 『리트머스 고양이』는 '상처 입은 자아'를 정점으로 '고양이'와 '새'를 섞어가며 세계라는 그림을 직조(織造)해낸다.

나는 이러한 이원식 시인의 세계는 '까치 작(鵲)', '고양이 묘(猫)', '그림 도(圖)' 세 글자로 된 '작묘도(鵲猫圖)'라 규정하고 싶다.

아! 고양이와 새라. 요즘 들판 어디서나 볼 수 있는 것들 아닌가. 흔하디흔한 새와 고양이를 시의 주제로 삼은 것은 하나의 풍경화처럼 동적인 입체감을 만들어 내려는 아이디어 같기도 하다.

새는 들판과 허공에서, 분주히 드나들며, 자신들의 삶을 산다. 일부 애완용을 제외한 대부분의 새들의 본래 고향은 허공과 들판 사이였다.

그리고 고양이도, 새와 마찬가지로, 야생이 기본이다. 고양이는 수고양이를 낭묘(郎猫), 암고양이를 여묘(女猫), 얼룩고양이를 표화묘(豹花猫), 들고양이를 야묘(野猫)라고 하는데, 현재 집에서 기르고 있는 모든 애완용 고양이는 아프리카 · 남유럽 · 인도에 걸쳐 분포하는 리비아고양이를 사육, 순화시킨 것이라고 한다. 그런데, 요즘 고양이들은 주인을 잘 만나면 호강하고, 주인을 잘 못 만나면 쫓겨나거나 버려져 다시 '야생'으로 돌아간다. 야생→애완→야생의 순환을 겪는다. 참고로 고양이의 특징 중의 하나는, 개와 달리, 인간을 대등한 관계로 간주하며 주인에게 충성을 바치지 않고, 이사를 갈 때 잘 따라가지 않고, 암고양이의 경우는 발정이 나면 거의 집을 나가 돌아오지 않고 수고양이도 가출이 잦단다.

새와 고양이에게서 야생은 그들의 '자연'이다. 야생은 그들 '스스로 그러함'이며, 크게 보면 '저절로 그러함'이다. 우리가 바라보는 '세상 밖'은 새나 고양이가 보면 '세상 안'이다. 새, 고양이를 우리가 '버린-버려진'이라고 표현한다면 그것은 맞지 않다. 아니, 본래로 '되돌아간-되돌려진' 것이라 표현해야 맞을 지도 모른다. 우리가 '문(文. 문명)'

의 입장에서 '야(野. 자연)'를 폄하하면 새 - 고양이에게는 엄청난 결례이다. '야(野)'한 것이 바로 그들의 고향이자 삶의 터이니 그들에게서는 '문(문명)'인 셈이다. 우리가 그들더러 이래라 저래라 할 자격이나 권한은 없다.

이원식의 시조집에 등장하는 참새, 까치와 같은 '야생'의 새들은 끊임없이 인간 쪽으로 내려서고 다가서며 항상 인간의 눈앞에서 '묘(妙)'하게 서성댄다. 새는 하늘에서 땅으로, 땅에서 하늘로 오르락내리락 '상하' 운동을 하며, 인간이 거주하는 지상[地]과 천상[天] 사이에서 상호간의 정보를 전달하는 매개 역할을 한다.

그러면 또 하나, 이원식의 시조집에 등장하는 고양이는 어떤가? 그것은 상하운동을 하는 새와 달리 인간 곁에 살면서 때론 인간을 떠나거나 인간에게 버림을 당하면서 지상의 사방(전후좌우)으로 돌아다니는 수평운동을 한다.

동양적 구라의 달인 장자(莊子)의 사상을 담은 책 『장자(莊子)』의 서두에는 「북명유어(北冥有魚)」로 시작하는데 이 편이 「소요유(逍遙遊)」이다. 여기서 '소요+유'='논다'라는 말은 별다른 목적 없이 그냥 이리저리 어슬렁어슬렁 떠돌아다니는 것이다. 떠돌아다니는 자에게 딱히 고정된 관점이 있는 것은 아니다. 여기서 이건 이렇고, 저기서 저건 저렇고, 이렇기도 하고 저렇기도 하다는 것을 '보면서' 아는 자다. 아는 것도 종류와 수준이 있는 법이다.

창공을 훨훨 나는 수많은 조류 가운데 「소요유」편에는 참새(雀)와 대붕(大鵬)이 나온다. 아주 작은 새인 참새, 어마어마하게 큰 새인 대붕이 크고 작게 세상을 바라보지만 모두 각각의 세상이다. 문제는 그들이 모두 '본다'는 것을 상징한다는 것이다. '본다'는 것은, 벌레들이

몸으로 '느낀다'는 것과 달리, 멀리서 높이서 조감(鳥瞰)하는 일이다. 동네를 걸어 다니다가 보는 것과 산 위에 올라서 보는 것은 다르다. 그리고 비행기를 타고 날아가며 보는 것은 또 다르다.

보는 것이 발달한 것은 새다. 새가 하늘에서 내려다보듯 땅의 기복, 건축물, 물체 등을 표현한 지도나 그림을 조감도(鳥瞰圖)라 한다. 조감은 새 '조(鳥)' 자와 '굽어보다 · 내려다보다'는 뜻의 감(瞰)으로 되어 있다. 감(瞰) 자에 눈 '목' 자가 들어 있듯이 새는 '눈/시각'이 발달 있고, 멀리서(遠) 크게(大) 바라볼 수 있다. '눈'은 머리(頭)에 붙어 있다. 따라서 뇌(腦) – 정신(精神) – 이성(理性), 나아가서는 로고스(logos) – 리(理) – 천(天)/천상(天上), 남성, 양(陽), 혼(魂)/넋, 상승 – 하강, 곧음(직선), 공간, 투시, 추론, 비디오와 연계된다.

이에 비해 벌레(蟲)는 살, 피부, 털 등으로 예민하게 느낀다(感 · 觸). 따라서 '소리/청각'이 발달해 있고, 가까이서(近), 적고 여린 것(少)까지 감지해낸다. 따라서 털 · 살갗(髮膚) – 육체(肉體) – 감성(感性), 나아가서 에로스(eros) – 기(氣) – 지(地)/지상(地上), 여성, 음(陰), 백(魄)/얼, 수평, 굽음(곡선), 시간, 접촉, 직감, 오디오와 연계된다.

조감은 천상적인 것을, 충감은 지상적인 것을 잘 나타낸다. 천상이 지상으로 다가와 접촉하는 것은 바람 혹은 새를 통해서다. 바람이나 새나 모두 공중을 떠도는 것이지만 지상의 것들에 접촉하며 천상의 소식을 알린다. 새는 나무에 앉아 깃털을 떨구며, 바람은 나뭇잎과 풀잎을 흔들며 자신의 존재를 표현한다. 반면 지상의 것이 천상으로 다가가 알리는 것은 벌레, 짐승의 울음이나 물(水)이다. 벌레와 짐승의 울음은 음파(音波)로서 공중, 허공에 퍼진다. 물은 어떤가. 개천, 강,

바다로 흐르는 물은 햇빛을 만나 수증기로 증발되어 하늘로 가서 구름이 되어 자신의 존재를 알린다. 제사를 지낼 때 향을 피우고 술을 따르는 것에 의해 향은 연기가 위로 날아올라 공중을 떠도는 넋(魂)을 더려오고, 술은 물의 속성처럼 아래로 내려가 땅 속에 묻혀 진토(塵土)가 된 얼(魄)을 일깨워서 데려오는 상징이다. 그리고 장풍득수(藏風得水)의 줄인 말인 풍수(風水)는 바람을 감춘다는 '장풍(藏風)'에서 풍(風)을, 물을 얻는다는 '득수(得水)'에서 '수(水)'를 따 와서 만든 말이다. '바람을 감추고 물을 얻은 땅'을 찾는 기법은 하늘이 땅과 자연스런 온전한 만남을 은유한다.

이원식의 시조집에는 새를 '천상 – 상승 · 하강'의 로고스적 이미지로, 고양이를 '지상 – 수평'의 에로스적 이미지로 대비적으로 활용하여 의미 소통을 시도하고 있다.

3. '바람'
– '홀로'에서 '함께 있음'의 환기 –

시인은 듣고 본다. 새와 고양이의 소통하는 의미의 세계를. 이것은 인연생기[因緣生起: 직접적/일차적/내적 원인(=인)과 간접적/이차적/외적 원인(=연)에 의한 결과(果報)로서 만사 · 만물이 생겨나옴(生起)]의 세계이다, 상의상존(相依相存)하는 존재의 실상이기도 하다.

따라서 세상이 홀로이지 않고, 늘 누군가가 곁에서 걸어주고 있음을. 그런 발자국소리를 시인은 듣고 있다.

버려진 손거울이었다
한 하늘을 바라보는

구름보다 가벼운 새 한 마리 날아간다

허기진 꽃잎이 질 때

누군가의
발소리

-「동그라미 속으로」 전문

이렇게 해서 시인은 모든 것이 '둘이 아님(不二)'을 말하고자 한다. '구름보다 가벼운 새 한 마리'는 '누군가의 발소리'이니 우리 곁에 수많은 것들은 모두 도반(道伴) 아닌가? 함께 걷고, 말하고, 서로 상처 내고 상처 입히는 존재 아닌가? 비유컨대, 아스팔트 위로 씽씽 자동차가 스쳐지나갈 때마다 '모진' 바람이 생겨나고, 그 바람에 풀 한 포기의 온몸='생(生)'이 들썩인다(-「새가 된다는 것」참조). 무언가는 그 무언가와 함께 있으면서 상대를 건드리고 무언가에게 찝쩍대고 있다. 그 때문에 어느 것이든 홀로 - 한 가지만 - 따로 있는 것이 아니다.

이원식 시인은 홀로 사는 '고독감'에 익숙해 있는 것처럼 보이지만, 그는 항상 '홀로'를 바라보고/지켜보는 수많은 존재들을 살갑게 밝혀낸다. 그래서 만나는 것이 바로 생명체의 외경(畏敬)이다. 한 가지도 홀로 있음이 없다. '홀로 있음이란 생각을 삼가야 한다'는 '신독'(愼獨)이란 말을 떠올린다. 끊임없이 '이어가는', 그래서 '잠 못 든' '생(生)'을 모든 것들과 생각과 어깨를 나란히 하여 '홀로'가 아니라는 이원식 시인의 자각은 만물의 아주 미세한 데까지 우리들의 시선을 옮겨놓고 있다.

시인은 '개미'의 신묘함[妙]을 가만히 들여다본다. 먼지 하나, 풀 한 포기 등등 모든 것은 신묘하지만, 시인의 눈에는 개미가 갑자기 우주로 다가온다. 개미가 몸으로 쓴 '불교의 진언(眞言) 가운데 가장 위대한 것으로 여겨지고 있는 신성한 음절'인 '옴(ॐ)'자를 직시해낸다. 미물에게서 우주적 생명의 '외경'을 느끼는 순간이다.

> 뿌려준 음식공양
> 모여드는 개미들
>
> 감사의 화답인가
> 몸으로 쓴
> 말씀 '옴(ॐ)'
>
> 손 모은
> 바람이 분다
> 바스러지는
> 내 허상
>
> -「외경(畏敬)」 전문

그런데, 이런 모든 미물 · 미진(微塵)들이 우주적 차원의 생명이라는 진실로 연결되어 있다. 이것을 볼 수 있는 자는 눈 뜬 자(覺者)이다. '외경'은 애당초 그런 눈에야 비칠 수 있었다. 이런 실상을 모르는 눈 감은 자가 바로 무명(無明) 아닌가. 눈 뜬 자에겐 모든 것이 찬란하면서도 슬프고, 위대하면서도 측은할 것이다. 홀로가 아니라는 사실은 기쁘고도 아프고, 즐거우면서도 우울하며, 웃고 있어도 눈물이 나는 현실이다. 이런 것을 내포한 채 모든 것은 연결되어 있고, 서로 상응하며 화답하며 지속한다. 서로 의지하고 의존된 것이 현실이니 여기에 몸을 맡기는 것이 깨달은 것이고, 여기에 위배하는 것이 무명이다. 그래서 시인은 '운수납자(雲水衲子)'를 자처한다.

달빛 따라 걷는 길
홀로인 줄 알았는데

적소(謫所)의 멈춘 시간
이어가는 운수납자(雲水衲子)

잠 못 든
생(生)의 그림자
물어가고 있었다

-「개미의 묘(妙)」 전문

정처 없이 바람처럼 물처럼, 구름처럼 길에 몸을 맡기는 것, 이것이야말로 생명의 외경을 실천하는 일 아닌가. 인연법에 충실한 삶의 자세이다.

새가 끊임없이 꽃잎을 물고 둥지 속으로 들어오고, 둥지는 꽃을 품고, 다시 다른 새가 꽃잎을 물고 '둥지' 속으로 들어오듯, 이 세계는 인(因)과 연(緣)에 의해 무한히 연결되어 무언가를 만들어간다. '새/꽃-둥지-새/꽃-…' 식으로 '생'은 지속이고 반복이다. 둥지는 이 세계

내의 존재를 상징하며, 지속과 반복을 담아내는 그릇이다.

꽃잎 하나
입에 물고
둥지 속에
날아든다

꽃잎을
품은 둥지
바람소릴
듣고 있다

또 다른
꽃잎을 물고
생(生)을 터는
새 한 마리

-「새와 둥지 - 우편집배원을 생각하며」 전문

이 둥지 '안'에서 새는 상하 운동으로, 고양이는 전후좌우 활동으로 소통을 매개한다. 이렇게 만물들의 의존됨 - 연결됨 - 하나 됨의 인연법은 둥지 안에서 이루어지고 있다.

시인은 이곳저곳에서 홀로가 아님을 말한다. 예컨대 찬 바람에 들판과 거리를 '간절한' 울음소리 내며 떠도는 고양이들을 반겨주는 '고목나무'가 있고, 차가운 대지 위로 내민 '선물' 같은 '꽃'이 있다. 그야말로 이러한 불이를 깨달을 때 삶은 그야말로 '기적' 같은 것이 아닐까.

찬 바람 속 고양이들
고목(枯木)만이 반겨주었다

밤이면 옹기종기
간절한 울음소리

따뜻한 봄날의 선물
우듬지에
내민
꽃

-「기적(奇蹟)」 전문

시인은 늘 우리가 타자와 함께 해 있음을 표현하고자 한다. '홀로 걷는 것'을 '아리오소'의 독창곡처럼 착각할까 싶어 시인은 '달그림자'가 '누군가'를 대신하여 지키고 서 있거나, 내가 모르는 어느 곳에서 '누군가의/발소리'(-「동그라미 속으로」)를 상정한다.

홀로 걷는 산책길
결 고운 바람이 분다

멈춰 서서 눈 감으면
한 줄기 아리오소(arioso)

누군가 온 것만 같아
돌아보면

달그림자

-「달 - 오래된 연서(戀書)」 전문

이 시에서 '홀로' - '바람' - '누군가'라는 식의 논리전개는 눈여겨 볼 필요가 있다. 시인은 '홀로'(나 - 자아)를 '누군가'(남 - 타자)로 연결시키고 있는데, 그 사이에 '바람'이 위치한다. 바람은 정태(靜態)의 '나'를 흔들어 뒤집고, 휘날리고 흩날리게 하며, '이것이 저것 때문에', '저것이 이것 때문에' 라는 사실을 환기시켜주는 존재이다. 시인의 시에서는 천지사방에 꽉찬, 무시로 부는 '바람'이 나를 타자로 연결시키는 은인으로 등장한다.

이처럼 '바람'은 실체도 없지만 모든 것들을 연결해준다. 마치 사랑하는 이들 사이를 연결하는 '연서(戀書)'이거나, 연서를 전달하는 배달부이거나, 중매쟁이처럼, 의존됨 - 연결됨 - 하나 됨의 매개역할을 한다. 인간은 어리석음의 바람(=無明風)이 불기에 그것 때문에 명(明)이 있다는 사실을 환기한다.

이렇듯, 시인의 시에서 등장하는 '바람'은 특별한 의미를 갖는다. 바람은 무시로 불며, 이곳을 저곳으로, 저곳을 이곳으로 연결시키는 힘이 있다. 바람은 지상의 고양이에게 그 자신이 '꽃'임을 환기시킨다. 홀로 지내는 고양이에게 존재의 의미를 가져다 줄 뿐만 아니라, 그가 무언가와 함께 하는(=놀아주는) 것이다. 타줄 것이 뭐 있겠나. 바람뿐이다. 「인적 없는 곳에서는/바람도 꽃이었다//꽃이 되고픈 길고양이/바람의 잎을 떼고 있다」(-「리트머스 고양이」)에서처럼, 바람이 우리의 좌표를 잡을 수 있게 하고, 함께 있음을 돌이켜보게 한다.

4. '천변(天邊)'과 '길'
-삶과 죽음의 소통 공간-

어쩌면 바람은 우리 삶의 상처를 '힘'으로 바꾸는 원동력이 아닐까. 바람 때문에 고독을 극복해 갈 수 있는 것 아닌가.

그래서 시인은 삶을 비관, 절망하지 않는다. 시인의 자아는 바람을 관조하면서 '상처'를 '은빛'으로 승화시키는, 부드러움의 강함을 얻어낸다. 불완전한 존재이면서 인간은 길 위에서 '터벅터벅' 걸어갈 수 있는 것이다. 그러다 가끔은 '우두커니' 서서, '멍 하게' 주위를 두리번거리며 자신의 위치와 지나온 이력을 더듬어 볼 뿐이다. 그럴 때 인간은 자신이 완전하지 못하고 결함임을 발견하고 스스로를 수습해 갈 수 있다. 미완성이기에 완성을 지향한다. 자신이 '상처 입은' 것이고 '슬픈 자유'임을 확인하고, 그것을 거부하지 않고 있는 그대로 받아들인다.

이원식 시인의 시에서 등장하는 '천변(川邊)'은 '바람'에 의해 의미가 생성되는 '작은 풀들'(='삶[生])의 이야기를 잘 드러낸다. 천변은 생명들이 부대끼는 풍요의 공간이자 일상의 고향이다. '상처 입은' '슬픈 자유'가 머무는 곳이다.

천변(川邊) 작은 풀들이
바람의 말
전하고 있다

짧은 해 저문다고

생(生)의 옷깃 여미라고

모래알 한 알까지도
귀 기울여 듣고 있다

-「소중한 일상(日常)」 전문

생명들은 천변에서 교합(交合) · 교통(交通)한다. 교합 · 소통을 하지 않고선 상처 입은 것들이 구원되지 못한다. '생(生)의 옷깃'을 여미지 못한다. 서로가 서로에게 '모래알 한 알까지도/귀 기울여 듣는' 화해 없이는 삶은 불이(不二)가 아닌 이(二: 둘)가 된다.

시인이 천변에 집착하는 것은 땅과 물, 지상과 지하, 안과 밖이 서로 만나 소통하고 생명을 일궈가는 진면목을 보여주는 살아 있는 공간이기 때문이다. 그러나 천변에는 삶만이 있는 것이 아니다. 죽음도 있다.

천변에 이어 이원식 시인은 '길'에 주목한다. 길 또한 삶과 죽음이 공존하는 공간이다. 길이 있어야 사람들이 교통하고, 소통한다. 그런데 한편으로는 길을 가다가, 건너다가 많은 생명체들이 무참히 죽어간다. 시인은 길에서 만나는 일상의 비참함을 새롭게 해석하고자 한다. 시인에게 죽음은 비참함이면서 동시에 아름다움이기도 하다. 이미 언급했듯이, '길 고양이'의 죽음은 '헌화'(-「리트머스 고양이」)였다. 헌화는 '붉은/푸른' 꽃이다. '신작로 포도(鋪道) 위'에서 벌어진 사고로 '이름 모를 꽃 한 송이'가 헌화로 바쳐진다. 헌화는 죽음이 보여준 피를 상징한 것이다. 피는 죽음을 의미하지만 동시에 살아있는 꽃을 말하기도 한다.

길고양이의 죽음은 삶의 필연이고 어디서나 마주치는 흔한 광경들이지만, 시인의 시야에 그것은 장엄한 사건이다. 온갖 잡화로 장엄하게 장식된 세계가 바로 이 세계(華嚴界) 아닌가?

유폐(幽閉)의 갈 숲 속으로
청옥빛 이슬이 진다

신작로 포도(鋪道) 위에
이름 모를 꽃 한 송이

어둠 속 가뭇없는 불빛
한 잎 생(生)의
날(刃)이 붉다

-「길고양이에게 바침 - 로드 킬」 전문

'청옥빛 이슬 - 꽃 한 송이 - 가뭇없는 불빛 - 생(生) - 붉다' 처럼 '유일한, 단 하나밖에 없는, 순간적인, 불타는, 그러다가 꺼져버리는' 삶은 허무한 것이다. 아니, 차라리 삶은 늘 죽음을 희생으로 해서 지탱된다고 해야 옳을 지도 모른다.

그래서 시인은 고양이가 '로드 킬'(road kill)을 당하는 것을 보고 이렇게 해설을 덧붙인다.

로드 킬(road kill)은 동물들이 도로를 지나가다 자동차에 치어 처참하게 죽는 것을 말한다. 로드 킬을 당 함에 있어 고라니, 삵, 부엉이 등 야생동물 뿐만 아니라 고양이나 개 등 애완동물과 희귀동물도 예외가 될 수 없다. 동물의 생존이나 생태계를 배려하지 않은 인간에 의한 무

> 분별한 도로 건설에 의해 로드 킬은 해마다 증가하고 있는 실정이다. 로드 킬에 대한 사회적 문제로서의 인식, 자연과 생명에 대한 애정 어린 시선이 로드 킬에 대한 공포와 죽음으로부터 피할 수 없는 동물들에 대한 인간으로서의 도의적 책임과 예의가 아닌가 싶다.(「길고양이에게 바침 - 로드 킬」의 해설)

시인은 '고라니, 삵, 부엉이 등 야생동물 뿐만 아니라 고양이나 개 등 애완동물과 희귀동물'과 같은 '동물' 그리고 '생태계'와 같은 '있음 - 존재(sein)'를 '도의적 책임과 예의'처럼 '있어야 함 - 당위(sollen)'로 변환하여 이해하려 한다. 그래서 그는 '도로를 지나가다 자동차에 치어 처참하게 죽는 것'의 현실세계를 '애정 어린 시선'으로 바꾸어 '동물들에 대한 인간으로서의 도의적 책임과 예의를 거론하고 있다. 이런 '애정 어린 시선'은 불교의 '동체대비(同體大悲)'라 해도 좋고 유교의 '만물일체의 인(仁)'이라 해도 좋다.

5. '슬픈 자유'
- '종점' '종장' '발문'으로서의 생(生) -

이원식 시인은 '삶의 자유'를 '슬픔'에다 버무려 놓곤 한다. 한마디로 '슬픈 자유'란 말이 이를 잘 드러낸다. 삶은 이미 상처를 껴안고, 물집을 달고 있는 것이 아닌가?

인간은 자유를 꿈꾸지만, 자유롭지 않다. 의존적이며, 비독립적인 것이 현실이다. 인연이란 말은 바로 그것을 말한다. 자유롭고 싶지만 자유롭지 못한 '슬픈 자유'가 인연 아닌가.

슬픈 자유
한 소절

(중략)

짧은 생(生)이
씁쓸하다

–「커피를 마시며」

그렇지만 삶은 시인이 시에서 말했던 대로 '청옥 빛 – 은빛'이기도 하다. 이들 색깔은 슬픔의 색도 기쁨의 색도 아니다. '붉은/푸른' 것이다. 「돌아서면 배고픈 시절/눈시울 붉어지던 해(陽) (중략) 검붉은 등짝에 놓인/뜨건 국밥/한 그릇」(–「개다리소반」)처럼, 배고파 울다가도 허기진 배를 채우면 그치는 울음처럼 원래 실체가 있는 색들이 아니다. 담담히 바라보면 어디에나 있는 우리 삶의 '있는 그대로의 색깔'이다. 비유하자면, 쿨룩거리는 '천식(喘息)'의 병세처럼 몸에 붙어 있을 수 있는 '병'의 색깔이다. 원래 생로병사는 '자연' 아니던가?

손에 쥔
흰 구름을
살며시
놓는 노파

마른 세월
들이켜고

사윈 한 숨
뱉고 있다

반의 반
접은 손수건
붉은 꽃이
피어 있다

-「천식(喘息)」 전문

그래서 시인은 잘 안다. 「불두화꽃/지던 날/하염없이/울었다」(-「거미와 달」)처럼 울고 싶을 때 울어야 한다는 것을. 꽃이 피었다 지듯이, 아픔-상처도 삶을 건강하게 하기 위해서 아니 살아있다는 징표로서 꼭 있어야 할 일들이지 없어야 할 것이 아님을.

하늘을 자유롭게 나는 비둘기이지만 지상에 내려와 주린 배를 채우려고 '마른 낙엽을 쪼는 비둘기'처럼, 어디론가 끝없이 떠날 듯한 인간이지만 먹고 살기 위해 '폐지 줍는 할미'처럼 세상 만물은 자유롭지 못하다. 그대로 '슬픈 자유'를 바라볼 수밖에 없다.

시린 뺨에 눈물 괴는
저물녘 귀갓길에

마른 낙엽 쪼고 있는
비둘기를 보았습니다

그리고 보았습니다

폐지 줍는 한 할미를

-「겨울새들」 전문

그래서 시인은, 「할머니, 일어나세요!/버스 종점, 종점이에요」(-「소중한 편린(片鱗))처럼, 우리는 잠들다가 결국 '종점'에 이르지만, 중간 중간 누군가 흔들어 깨우지 않으면 내려서야 할 곳에 제대로 내려서지 못함을 말한다. 내려서도 잠에 취해 제대로 걷지 못한다. 그래도 비칠거리며 걸어가야 한다. 차에서 내려 걸어가는 모습은 하늘에서 '내 저질러진' 빗줄기처럼 보인다.

창문 밖 내리는 비
아버지의 목소리

흐릿한 백지 위에
당신을 담아봅니다

종장(終章)이
쓰일 빈 자리
흰 눈물만
쌓여갑니다

-「사부곡(思父曲) - 새벽비」 전문

저질러진 삶은 어둠 속에서 '종장(終章)'을 쓰고 있는(=내리는) '새벽비'와 같은 것이다.

아니, 차라리 「쓰다만/발문(跋文) 한 줄을/별빛 속/에/띄워」(-「당현천(堂峴川)을 걸으며」) 보는 것이라 표현해야 좋을 것이다.

'종점' '종장' '발문'으로 은유된 생(生)은 불완전한 자유이기에 '슬픈 자유'이며, 아름다운 헌화이면서 죽음을 내포하였기에 '붉은/푸른' 것이다. '종점' '종장' '발문'도 이런 논법이라면 실제로는 '붉은/푸른' 작묘도의 '시발지', '초장', '서문'일 것이다. 왜냐하면 어차피 전자는 후자에서 왔고, 후자 없는 전자는 없기 때문이다. 전자는 붉은 것, 후자는 푸른 것, 그래서 '붉은/푸른' 것 아닌가?

6. 은빛 날개
-'꿈' · '환(幻)'의 희망과 절망 -

겉보기에 삶은 '은빛'처럼 보여 끊임없이 잡으려 다가선다. 그러나 막상 다가가 들여다보면 '꿈'이고 '환(幻)'이다. '마야(maya)'이다.

그러나 삶의 힘은 바로 이 '꿈' · '환(幻)'에서 생겨난다. 그것이라도 있으니 전방을 주시하며 걸어가는 것 아닌가. 그것마저 없다면 힘이 빠져서 걸어갈 수조차 없을 것이다.

찬 이슬 닿는 순간
들려오는 낮은 목소리

지상의 마지막 눈물
화장을 지우고 있다

말하지 못한 아픔들
벗어놓은
꽃잎

환(幻)

-「꽃의 임종(臨終)」 전문

다시 시인은 묻는다. 「삭풍(朔風) 속/은빛 세상은/한 송이/꿈이었을까」(-「벚꽃이 지는 이유」)라고. 이원식 시인이 찾는 것은 암흑의 종말이 아니다. 은빛 '의미'이다. 그런 의미 있는 길을 따라 가기에 시인은 운수납자'(雲水衲子)를 두려워하지 않는다.

자, 이쯤 되면 이제 매듭을 지워야 한다.

시인에게 물어보자. 새와 고양이라는 두 은유를 '바람'을 매개로 해서 짜 낸 붉은/푸른 「작묘도」의 결론은 어떤 것일까.

시인은 이렇게 결론짓고자 했을 것이다.

입구도
출구도 아닌
은날개를 찾아서

-「청계천, 붕어가 간다」

입구도 출구도 없는, 그런 해답 없는 길에서, '오늘도 걷는다'. 길을 찾고자 한다. 시인의 운명은 어차피 '무문관(無門關)' 수행과 같다. 문도 없는 곳에 갇혀 '무언'이 아닌 '언어'로 글을 적으며 살도록 종신형에 처해진 참 곤혹스런 처지이다.

그럴수록 시인에게 희망의 열망은 더해간다. 글을 쓰면서(의지하면서: 依言) 동시에 글을 버려야(떠나야: 離言)하니 고통은 이중, 삼중 더해간다. 그러나 시인은 알고 있다. 희망도 절망에 뿌리 내리고 있고, 절망도 희망에 뿌리내리고 있다는 밑도 끝도 없는 순환 논법 속에 우리가 있음을. - '그래서', 더욱 거침없는 시인의 정진을 바랄 뿐이다.

대승(大乘)의 시심(詩心): '자모음(字母音)의 화쟁(和諍)'에서 '생명의 마중물'로

- 고영섭의 시인의 시적(詩的) 희구(希求)에 대해

0. 인연(因緣) - '대승(大乘)의 시심(詩心)'과 만나다

내 기억이 정확하다면, 고영섭 시인[1]을 처음 만난 건, 2001년 어느 봄날이었을 것이다. 동소문동에 자리한 성철선사상연구원 발표를 마치고 서울의 어느 지하철역[2]에서 서로 인사를 나누고 나는 그의 첫시집『몸이라는 화두』를 받았다. "아, 불교학자가 시를 쓰는구나!"라는 생각을 하며 내심 반가워했다. 그 이후 그는 "지방대학 돌며 보따리장사를 거듭 하다/ 하늘의 별 되듯 운 좋게 취직이 되던 날"(「봄날」 일부)이라 스스로 회고하듯, 시간강사(속칭 '보따리 장사')를 거친 뒤 모교 불교학과 교수로 자리를 잡았다. 이후, 나는 그를 만날 수 없었다. 서로 바빠서 엇갈리며 살았던 탓이다.

---

1) 현재 동국대 불교학과 교수. 여기서는 고영섭 시인으로 부르기로 한다.
2) 4호선 삼선교, 한성대입구역.

최근 알게 된 사실이지만, 그동안 그는 시작(詩作) 뿐만이 아니라 한국불교, 그 가운데서도 원효연구 방면의 대가라 할 만큼 정열적으로 연구와 저술에 몰두해 왔다. 그래서 많은 성과를 이루었고, 어디 그뿐인가, 난해한 불교 언설들을 대중이 알아듣기 쉬운 언어로 곱씹어서 불교와 인문학의 지평을 넓히는데 큰 기여를 해왔다고 평가받고 있다. 무엇보다도 그가 쉬운 언어를 구사할 수 있었던 힘은 끊임없는 시작, 그리고 시적 언어의 능력에서였을 것으로 추론된다.

마침 올해 미국의 하버드대학에 가서 안식년을 하는 동안 반갑게도 연락이 닿아 몇 번 이메일을 주고받았다. 내가 머물고 있는 네덜란드에서 만날 수 있기를 바랐지만 여의치 못했다. 얼마 전 그가 보낸 이메일에서, "작년 출국 전 해설을 싣지 못한 채 네 번째 시집을 내고 왔는데, 돌아가서 재판을 준비하려 하니, 시간이 허락되면 해설을 부탁한다"는 내용의 이메일과 시집의 원고 파일을 받았다. 이야기를 듣고 보니, 첫 번째 시집 『몸이라는 화두』는 불교사상을, 두 번째 시집 『흐르는 물의 선정』은 노장사상을, 세 번째 시집 『황금똥에 대한 삼매』는 유가사상을, 네 번째 시집 『바람과 달빛 아래 흘러간 시』는 삼국유사와 샤머니즘을 담아보려 했다고 한다.[3] 고영섭 시인은 '포함삼교'(包含三敎[4]) · '삼교회통'(三敎會通)에 지향점이 있는 듯했다. 시를 매개로 동양의 지적 전통을 압축함과 동시에 통섭(通攝)하려는 열정을 보여주고 있다.

내가 연구년을 맞이하여 와 있는 네덜란드 라이덴(Leiden) 시내 운

---

3) 그러나, 이 해설에서는 이러한 시집의 의미 轉移와 연관은 별도로 주목하지 않기로 한다.

4) '包含三敎'의 '포함'의 의미는 각주(9)를 참조.

하 옆 아파트의, 여름인데도 쌀쌀한 바람이 제법 부는 창가 히터 옆에 앉아 고영섭 시인이 보내준 『바람과 달빛 아래 흘러간 시』의 시집 원고 파일을 몇 번 읽어보았다. 그러다가, 나는 문득 그의 시가 "자신과 타자를 향한 치유와 깨달음"으로 가득 차 있음을 체감하였다. 그는 지식 쓰레기 더미에 갇혀 사는 직업인으로서의 교수보다도 시어(詩語)를 찾아 헤매는 순결한 시인으로서 살아왔던 것이다. 그의 시는 자아의 그림자와 자신과 마주한 바깥세계의 덧없음에서 초래된 허탈감, 상처로부터 초연하려는, 그런 수행의 경과보고를 읽는 듯했다.

고영섭 시인은 "자신과 타자를 향해 늘 따뜻한, 숙성된, 넉넉한 언어의 밥상을 차려주는" 마음 즉 "대승(大乘)의 시심(詩心)"을 가진 사람이다. 나는 무엇보다 이 점을 평가하고 싶다. 자신과 타자를 함께 치유하는 화음(和音)을 만들어 가는 일, "자음과 모음을 숙성시켜"(「시론 詩論」) "자음과 모음이 서로 어우러"(「봄날」)지게 하여 '원음'(圓音)에 다가서도록 하고 싶은 거다. 한 마디로 "생명의 마중물"(「마중물」) 역할을 다하려는 것이다. 내 눈은 바로 고 시인의 이런 지향점에 점을 찍어 두고 한참을 응시하고 있었다.

1. 자음과 모음의 화쟁(和諍)

시를 쓴다는 것은 자신이, 고정된 철로만을 매일 달리는 그런 고독한 기차와 같은 존재가 아님을, 자신만의 언어로 논증하는 일이다. 항상 자신의 시선을 무언가의 처음(=시초, 본원)으로 되돌려, 거기서 세속 – 일상에서 통용되는 것을 순수 – 초심에서 다시 사유하도록 하고 있다는 것. 그것은 늘 새로운 자신의 언어로 자신의 궤도를 찾아, 자신만의 새로운 풍경을 창출해내려는 순결한 '열정'(passion)에 뿌리를 둔다. 그런데 이 열정은 인간에게 있어서 어쩔래야 어쩔 수 없는 '병'(病, =고뇌)[5]이고, 트라우마이고, '장애'(障碍)이다.

시는 '우리에게 본래 있지만, 지금은 잃어버려서 다시 찾아야 할' '진리-법-여래-불'에 대한 콤플렉스에서 기원한다. '희미한 옛 사랑의 그림자'를 찾아야 할 콤플렉스 말이다. 마치 '사랑의 자리'라는 유행가에서 〈바람이 불어와도 생각이 나고/ 구름이 쉬어가도 생각이 난다/ 기약도 없이 소식도 없이/ 떠나버린 야속한 님아/ 사랑이 머물던 자리/ 그리움이 머물던 자리/ 그 님은 어디가고 어디 가고/ 돌아올 줄 모르나〉라고 부르짖듯이 말이다. 다시 말해서 인간 본래의 사랑-그리움-님에 대한 희구, 잃어버린 '옛 사랑의 자리'-'님'에 대한 열망에서이다. 이러한 열망은 세간[俗]의 눈에서는 '돌아올 줄 모르'는 것처럼 보인다.

그러나 진실의 눈[眞]에서 보면, "우리는 만날 때에 떠날 것을 염려하는 것과 같이, 떠날 때에 다시 만날 것을 믿습니다. 아, 아, 님은 갔지마는 나는 님을 보내지 아니하였습니다"(한용운, 「님의 침묵」 일부)처럼, '떠난' 것도 '(다시) 만날' 것도, '가버린' 것도 '돌아오지 않는' 것도 아닌 것이다. 하지만 세속에 사는 인간이 본래의 사랑-그리움-님에 대해 희구하는 것은 시가(詩歌)로서 표현된다. 시가는 님과 나를 연결하는 매개, 소통의 방법이다. 소통을 할 수 없다면 '님'에 합일 될 수도 없고, 합일로서만 다가서고, 맛볼 수 있는 천국, 낙원과 내가 단절, 분

---

5) 여기서는, 예컨대 '사랑도 病인양 하여'의 사랑病, '工夫病'처럼, 긍정적 의미의 病을 말한다.

리되어버리고 만다.

여기서 잠시 한 가지 좀 더 밝힐 것은 '시'(詩)의 "본원적 의미"와 "역사적 의미"라는 이중성이라는 것이다. 즉, 시(詩)는 첫째, 인간에게서 "역사적인 처음 · 시작(=起源)의 글(文)"이다. 즉, 마음[心]이 감동 · 감흥하여서 '지'(志)="마음의 지향성"(意 · 情)[6]이 '소리'[聲]로 발출[7]한 것, "언어가 시작한 바로 그 언어"라는 의미(역사적으로는 시작의 언어)이다. 둘째, 시가(詩歌) 일반에서 특정의 문학으로 역사화되었다는『시경』(詩經)의 의미, 즉 역사적인 처음 - 기원 - 시작의 시집이라는 의미이다. 이처럼 시(詩)는 ①시작 - 처음 - 기원의 글(文) ② 시작 - 처음 - 기원의 시집(詩集)이라는 이중의 의미가 있다.[8] '시'(詩: 인간 본원적 의미)→'시집'(詩集: 역사적 의미)으로의 이동과 진행의 예는『시경』에서만이 아니라『성서』의 시편, 베다문학 등에서도 그 범례를 찾을 수 있다.

인간이 자신의 '처음'의 언어에 다가설 때, 그 눈은 사물의 본질에 당도해 있다. 인간의 의지, 마음의 첫 움직임이 표출된 '첫 언어' = '언어의 기원'은 무엇에 '대해' - '향해서' 마음이 움직이는 것이다. 그 순간의 '말'[言]을 '손'[手]으로 (물건을 딱 짚듯이) '붙들어내는[止] 것' = 워딩(wording, 文) - 시간[日]을 손으로 딱 붙들어내는 것 = '타이

---

6) 억지로 의과 정 - 같은 마음에서 처음 생겨나는 움직임[指向]으로서 - 을 구별한다면, 志는 그 意志的 · 意識的 · 理知的인 면을, 情은 無意志的 · 無意識的 · 直(感)覺的인 면을 가리킨다고 할 수 있다. 그러나 관점에 따라 양자를 구별할 수도 있고 그렇지 않을 수도 있다. 여기서 관점이 갈릴 수 있다[中島隆博,『殘響の中國哲學 - 言語と政治 - 』(東京大學出版部, 2007), 238쪽 참조].

7) 『書経』「舜典」에는「詩는 뜻[志]을 말한 것이고, 歌는 말[言]을 길게 한 것이다(詩言志,歌永言)」라고 한다.

8) 中島隆博, 위의 책, 80~81쪽과 238쪽을 참고.

밍'(時)처럼 – 시인의 의의와 사명은 바로 여기에 있다.

시인은 각 지역의 구체적 역사 속에 만들어진 언어 체계 즉 자음과 모음을 조합하여 '마음의 움직임'을 담는다. 그렇다 하더라도 언어는 세계를 분절화해 버린다. 마치 신체(몸)가 세계를 분절화 하듯이 말이다. 동시에 세계에 의해 언어도 분절화 된다. 신체(몸)도 마찬가지이다. 다시 말하면 언어 – 신체(몸)가 세계를 분절화하고, 세계가 언어 – 신체(몸)를 다시 분절화 한다. 쌍방이 의미의 촘촘한 그물망을 만들고 허물고, 다시 – 또 다시 만들고 허물어가면서 역동적으로 세계를 흔들고 구성해간다. 이것은 인간의 의식세계(무의식 – 의식)와 사물이 만나면서 만들어내는 거칠고도 거대한 '세계'='의미'의 '그물망'='분절화 시스템'이다.

이러한 '언어/몸' ⇆ '세계'의 쌍방 이행, 소통은 "난폭하게 흐르는 물줄기, 도도한 물결"과 같다. 예컨대 나이아가라 폭포처럼. 꼭 나이아가라가 아니더라도 장마 후의 거센 강물을 바라본 적이 있는 사람은 물줄기의 리얼한 풍광을 이해할 것이다. 거센 물결이 물결을 누르고 짓밟고, 다시 물결이 살아나고, 그 물결은 다른 물결을 죽이고 살리고, 다시 다른 물결이 와서 그것을 죽이고, 살리면서, 끊임없이 거칠고도 세차게 흐르고 또 흐른다. 불교적 표현을 빌자면, 흔히 유식계통(唯識系統)의 문헌에서 말하는, '폭류'(暴流)가 그것이다.

시인은 적어도 인간의 의식이 만들어내는 언어의 '폭류' 그 첫 순간에 입회(立會)해서 그것을 워딩해 내는 사명을 갖고 있다. 고영섭 시인은 이 점을 잘 알고 있다. 그래서 이렇게 말한다.

저 맘 속 항아리에 묻어둔

자음과 모음을 숙성시켜

내 온몸으로 발효시켜 낸

한 송이 푸르디 푸른 꽃!

-「시론詩論」 전문

"한 송이 푸르디 푸른 꽃!"이라고 표현한, "자모음을 숙성시켜 낸"시구는 "내 온몸으로 발효시킨" 언어, 그 첫 순간의 자음과 모음을 통한 워딩이다. 이런 시구가 만들어져 나오는 리얼한 순간을 그는 이렇게도 표현한다.

가장 나중에 오는 장작이
제일 위에 쌓이는 것처럼
너는 그렇게 내게 다가왔다

제일 뒤에 오는 책이
가장 윗자리에 놓이는 것처럼
너는 그렇게 나를 깨웠다

-「가장 나종 피는 꽃 - 장미론」 일부

가장 밑바닥에서 뒹굴던 의식, 그것이 언어로 치밀어 올라 입에 맴도는 것[現前]. 어떻게 할 수도 없는 의식의 발동/흐름이 언어로 현행

(現行)하는 것. 그래서 분절화 되어가는 세계. 아니 언어가 세계를 만나서 그 언어가 다시 분절화 되는 일처럼, 엎치락뒤치락하며 쌍방적으로 '시어'(詩語)는 '나'를 '깨우는' 것이다. 내가 시어를 만들지만, 거꾸로 시어들이 또 나를 '깨운다'(→ 깨침).

내가 시어를 만들고, 다시 시어에 의해 내가 '깨어나고'(→ 깨달음), 만들어진다. 언어가 나를, 내가 언어를 상호 분절화 한다. '가장 나중' → '제일 위'가 되다가도, 그것이 다시 반대로 '제일 뒤' → '가장 윗자리'로 바뀐다. 이런 쌍방의 첫 순간들을 길어내는 것이 시인의 사명이다.

> 지방대학 돌며 보따리장사를 거듭 하다
> 하늘의 별 되듯 운 좋게 취직이 되던 날
> 자음과 모음이 서로 어우러져 정말
> 마음에 드는 시 한 편 뽑아내던 날
>
> -「봄날」 일부

시는 인간 의식의 '폭류'를 언어로, 시인의 표현대로라면 "자음과 모음을 서로 어우러"지게 하여 순열 · 조합하는=매트릭스하는 창조적 작업이다. 그래서 자모음의 화쟁이라고 표현하는 편이 낫다.

고영섭 시인은 이러한 자모음의 리얼한 화쟁의 광경을 역사적 지평과 겹쳐서 서사적 지평에서 이해하고자 한다. 그것이 『삼국유사』로 눈을 돌리게 하여, '시로 쓰는 삼국유사'를 가능하게 한 이유이다. 『바람과 달빛 아래 흘러간 시』는 '바람과 달빛' 즉 '풍월'(風月)을, '바람과 달빛 아래 흘러간'이란 '풍류'(風流)를 상징한 시어이다. 시집의 제목을 요약하면 '풍류시'이다. 최치원(崔致遠)이 「난랑비서」(鸞郎碑序)

에서 말한 "국유현묘지도왈풍류"(國有玄妙之道曰風流)의 '풍류' 그것이다. 풍류는 다른 말로 '풍월도'(風月道)라고도 한다.

꽃잎이 떨어지는 그늘 아래서
말없이 바람을 흘려내리며
호젓이 시를 읊는 나무를 보네

저 나무도 꽃봉오릴 틔우기 위해
숨이 턱 밑 아래까지 밀려 갔으리
허나 지금 이 순간 저 꽃잎들은
침묵으로 자신을 내려 놓나니

삶이란 순간 순간 꽃잎 사이로
뚫고 들어 온 앎의 누적물들을
처음 왔던 그 곳으로 되돌리는 것
활짝 피운 모든 것을 내려놓는 것!

달빛 아래 흩날리는 풍류를 보며
나 역시 시나브로 가벼워져서
조금씩 조금씩 자유로워 지네.

-「바람과 달빛 아래 흘러간 시 - 풍월도風月道」 전문

시인은 "꽃잎이 떨어지는 그늘 아래서/ 말없이 바람을 흘려 내리며/ 호젓이 시를 읊는 나무를 보"는 데서 그치지 않고, "달빛 아래 흩날리는 풍류를 보며/ 나 역시 시나브로 가벼워져서/ 조금씩 조금씩 자

유로워 지네"처럼, '~이다'에서 '~되다'의 경지로 나아가고자 한다. '임(sein)'에서 '됨(sollen)'으로 진행은 풍월도의 역사를 객관화하는 것이 아니라 주체화하여 지금 나에게서 현현하려는 것이다.

『삼국유사』는 신라의 화랑, 풍류를 구체적 역사 속의 이야기를 통해 펼쳐 보이는 텍스트이다. 고영섭 시인은 『삼국유사』를 명분으로 신라 - 화랑 - 풍류의 에스프리에 다가서서 시적인 서사로 한 권의 시집을 엮고자 기획한 것이다. 바로 "『삼국유사』의 몸체와 내 마음의 몸짓을 쪼개"서 "또 다른 시"를 얻는 것이다. 시인의「시인의 말」에서 이렇게 말한다.

> '몸이라는 화두'를 들고 '흐르는 물의 선정'을 거쳐 '황금똥의 삼매'에 들어 보니 '몸'과 '물'과 '똥'은 모두 비실체의 실체, 비연속의 연속으로 자리하고 있었다.
>
> 이제 나와 나의 의식은 『삼국유사』의 향가가 뿜어내는 향기를 머금고'바람과 달빛 아래 흘러간 시'들에 이르렀다. 틈을 쪼개면 또 다른 틈이 생기듯 『삼국유사』의 몸체와 내 마음의 몸짓을 쪼개보면 또 다른 시가 생길 것이다.
>
> 지금 이 순간 나는 입정에 들어'어디로 내 시들을 흘려보낼 것인가'라는 화두를 또렷또렷하고 고요고요하게 들고 있다.
>
> -「시인의 말」 전문

고영섭 시인은 네 권의 시집을 간행하는데,『몸이라는 화두』첫 시집에서, 다음 시집 『흐르는 물의 선정』으로, 그리고 그 다음 시집 『황금똥에 대한 삼매』에서 다시 이번 시집 『바람과 달빛 아래 흘러간 시』로 진행되었다. 이런 경과는, 유불선 삼교를 화쟁적 정신으로 융합해 보려는 의도를 갖는다. 그것은 앞서 들었던 최치원 「난랑비서」의 '포함삼교'(包含三教)의 정신을 잇는 것이기도 하다.

시인의 말로는 "틈을 쪼개면 또 다른 틈이 생기듯 『삼국유사』의 몸체와 내 마음의 몸짓"을 '쪼개는' 것이라 하였다. 쪼개면 '틈'이 생겨난다. 이 '틈'이란 신라라는 역사와 그것을 넘어선 역사(초역사)의 시공간을 상징한다. 바로 '포함삼교'의 '포함'과 연결된다. 아래 시에서 확인할 수 있듯이 '틈'은 '내 마음'에서 '무한 우주'로 향하는 '길'이다.

내 마음 속에서
보일 듯 말 듯
들릴 듯 말 듯
잡힐 듯 말 듯한 빈 틈 하나

그 틈새로 문을 여는
가지와 가지 꽃과 꽃이
미세한 틈을 벌리며
길 하나를 열고 있다

길과 길의 틈새에서 핀
새싹이 또 다른 문을 열며
여리디 여리게 피워올린
현빈玄牝의 우주!

내 마음 속의 빈 틈

속을 쪼개면 쪼갤수록
또 다른 틈을 여는
무한 우주의 가믈한 길.

-「틈 - 곡신谷神」 전문

틈은 "내 마음 속의 빈 틈/ 속을 쪼개면 쪼갤수록/ 또 다른 틈을 여는/ 무한 우주의 가믈한 길"에서처럼 '중중무진'(重重無盡), '일즉다(一卽多), 다즉일(多卽一)'로 연결된 길이다. 무한 시공간을 의미하는 메타적 표현이다.

이처럼 '틈'과 맥락을 같이하는 '포함'이란 말은 단순한 '합일', '융합'을 의미하는 것이 아니다. '삼교'를 담아낼만한 그것을 넘어선 더 광대한(즉, 메타적 - 초월적 의미의) '시공간'적 범주이다.[9] 고영섭 시인이 의도하는 것은 「국유현묘지도왈풍류」의 '풍류' - 시인은 '바람과 달빛 아래 흘러간'으로 표현하였다 - 를 신라의 광대한 정신적(spiritual)인 시공간을 담아낸 상상 - 이상의 경계로 설정하는 일이다. 그것은 그의 시적인 작업 총량을 담는 시집(=『바람과 달빛 아래 흘러간 시』) 그 자체를 의미하는 것이기도 하다.

9) 참고로, 일찍이 '國風의 재생'을 통해서 國民倫理를 논한, 소설가 김동리의 친형인 凡父 金鼎卨(1897 - 1966)이 국풍이란 말을 사용하고 있다. '국풍'이란 崔致遠의 「鸞郎碑序」에 나오는 '國有玄妙之道曰風流'에서 근거를 둔 것이다. 국풍은 현묘지도의 다른 표현이다. 범부는 '玄妙之道'란 것을 "儒 · 佛 · 仙의 三教를 包含한 것"이란 표현에서 '포함'이란 말에 주목하여 "三教보다 더 廣大"한 사상 범주로 격상시킨 뒤 "風流道가 이미 儒佛仙 그 以前의 固有精神일진대는 儒佛仙的 性格의 各面을 內包한 동시에 그보다도 儒佛仙이 所有하지 않은 오직 風流道만이 所有한 特色이 있는 것"이라 하여 '風流道'로 단정한다(김범부, 「風流精神과 新羅文化」, 『凡父 金鼎卨 단편선』, 최재목 · 정다운 엮음, (서울: 도서출판 선인, 2009), 38쪽)(강조는 인용자).

시인은 「삼국유사」라는 시에서 "나 그대와 나란히 꿈속에 있고", "나 그대와 더불어 자리해 있네"라고 한다. "환웅에서 고려까지 삼천 칠백년", "단군에서 대한까지 사천 사백년"처럼 몇 천 년이라는 기나긴 역사를 '기억'의 시작점으로 찍어두고, 그 점을 현재까지 끌어당겨 만든 '선'(線)을 두고 "우리의 길라잡이" "우리의 대안사서(代案史書)"인 『삼국유사』로 보는 것이다.

심지어는 우리의 "고대사를 혼자 받치고" "정신사를 홀로 지키는" 우리들 "한겨레의 업경대(業鏡臺)"라고 규정한다.

그대의 얼굴을 생각만 해도
나 그대와 나란히 꿈속에 있고
그대의 이름을 불러만 봐도
나 그대와 더불어 자리해 있네

나는 그대 앞에서 숨을 멈추고
너는 그대 옆에서 몸을 기대고
우리는 그 안에서 맘을 졸이고
그들은 그 뒤에서 쉬었다 가네

환웅에서 고려까지 삼천 칠백년
단군에서 대한까지 사천 사백년
아, 그대는 우리의 길라잡이고
아, 그대는 우리의 대안사서代案史書니

우리의 고대사를 혼자 받치고

우리의 정신사를 홀로 지키며
넓은 가슴 큰 마음 되비쳐주는
우리들 한겨레의 업경대業鏡臺이네.

-「삼국유사三國遺事」 전문

고영섭 시인이 김부식의 『삼국사기』가 아닌 일연의 『삼국유사』를 높이 치켜세우는 것은 우리의 '고대사'를 '정신사'로 확정하고, 그것을 "한겨레의 업경대"로 보려는 열망을 담고 있다.

그런데, 여기서 고영섭 시인이 확정한 '고대사' → '정신사'라는 전통에 대한 이해는 '닫힌 공간'의 시적(詩的) 확립임과 동시에 '열린 공간'에 대한 영성적 이해라는 이중의 목표를 가질 수밖에 없다. 전자는 '고대' - '신라'라는 역사의 내재적 문맥을 소급해가면서, 후자는 '불교' - '종교', '설화' - '샤머니즘'이라는 세계를 탐색하면서 동시적으로 진행된다. 그래서 고영섭 시인이 우리의 전통을 새롭게 '재인식'시키려는 것은 "이미 있었던 이야기"임과 동시에 "다시 시적으로 재구성해내는 이야기"인 것이다. 이렇게 '사실'(史實)을 "시적으로 표현"함과 동시에 "시적 세계를 사실(史實)로서 재창조화"하려는 의도는 어떻게 보면 '발명'(invention), 즉 "만들어진 전통(The Invention of Tradition)"에 가까운 면도 있다. 마치 에릭 홉스홈(Eric Hobsbawm)과 그의 동료들이 『만들어진 전통』이라는 책[10]에서 밝혔듯이, 대부분의 전통이 최근(19세기말~20세기초) 유럽정치사의 전개과정에 '국민국가(nation

10) Eric Hobsbawm, The Invention of Tradition, Cambridge University Press, 1992. 우리말 번역본은, 에릭 홉스봄 외, 『만들어진 전통』, 박지향 · 장문석 옮김 (서울: 휴머니스트, 2004).

state)'의 등장과 맞물려 그 "집단적인 정체성(identity)"을 마련하는 것과 직결되어 '정치적 목적'을 위해 만들어진 '발명'이듯 말이다.

그렇다면 고영섭 시인이 지금 왜 이 시점에서 신라 - 풍월도 - 풍류 - 삼국유사를 거론하여 전통을 재인식, 재확인하려하는 것일까? 이 문제는 현 시점에서 고영섭 시인의 의도를 오해할 소지가 있기 때문에 미리 부언 설명을 해둘 필요가 있다.

문제는 풍류 - 화랑의 재인식 방법과 방향에 대한 것으로 보인다. 한국의 국민적 '기억'을 고대 특히 '신라'의 '화랑'으로 소급시켜, 그것을 단일민족 - 한겨레의 통합이라는 민족 · 국가적 차원의 '운동'(예컨대, 국가재건, 국민정신강화, 새마을 운동 등)의 이데올로기로 적극 활용하려는 '각본'을 만드는 것일까? 과거를 거울삼아 본다면, 화랑의 강력한 육체적 힘과 탁월한 예능인이라는 표상은 칼과 꽃을 겸비한 '신체적으로 강하면서도 내면적으로 심성이 아름다운' 이상적인 '국민(적 신체)상'을 상상하기에 충분하다. 그래서 1960년대 이후 박정희 군사정권의 '조국 근대화' 논리를 뒷받침하는 강력한 이데올로기로 작동하게 됨은 「나의 조국」(박정희작사 · 작곡, 1976년 10월)의 "삼국통일 이룩한 화랑의 옛 정신을 오늘에 이어받아 새마을 정신으로 영광된 새 조국의 새 역사 창조하여"라는 대목이 오버랩 되곤 하는 것이다.[11] 신라 - 화랑 - 풍류 - 경주를 새로 발굴하고자 했던 김정설의

---

11) 이에 대해서는 최현식, 『서정주 시의 근대와 반근대』(서울: 소명출판, 2003), 190쪽. 아울러 金凡父의 『화랑외사』,『풍류정신』에 담신 영웅주의, 신비주의, 군사주의, 정신주의의 혼합체로서 만들어진 강력한 국가주의적 성격에 대한 비판은 김철, 「김동리의 파시즘」, 『국문학을 넘어서』, (서울: 국학자료원, 2000), 49 - 52쪽; 신복룡, 『화랑의 정치사적 의미』, 『한국정치사』, (서울: 박영사, 1991), 61 - 64쪽; 김석근, 「'신라정신' 천명과 그 정치적 함의」,『범부김정설 연구논문자료집』(서울:

예를 들어보자. 김정설은 그의 유명한 『화랑외사』(花郞外史)의 「화랑가」(花郞歌, 1950년, 54세 구술)에서 "(전략) 화랑이 피어 나라가 피어/ 화랑의 나라 영원한 꽃을// 말은 가자고 굽을 쳐 울고/ 칼은 번뜩여 번개를 치네// (중략) 장부의 숨결이 시원하고나"라고 하여 '꽃'과 '칼'이 결합하고, 그것을 지탱하는 '장부(=사나이 대장부)'라는 건장한 신체의 소유자를 화랑으로 보고 있다는 등의 비판이 있어왔다.[12] 이런 등의 이유로, 김정설은 종래 박정희 정권과의 연계성(특히 박정희 정권의 통치이념, 국가 이데올로기 창출에 관여), 그리고 이와 더불어 그가 과연 박정희 정권 창출의 이데올로그였다는 오해를 받곤 하였다.[13]

그런데, 고영섭 시인이 신라 - 풍월도 - 풍류 - 삼국유사를 거론하는 것은 이러한 정치사적인 맥락과는 다르다. 앞서 「시인의 말」에서 "이제 나와 나의 의식은 『삼국유사』의 향가가 뿜어내는 향기를 머금고 '바람과 달빛 아래 흘러간 시'들에 이르렀다"라고 언급하듯이, 자신과 『삼국유사』의 향기 속에 들어선 것, 즉 『삼국유사』의 내적 풍경에 합일이 된 시적 문맥에서이다. 더욱이 "틈을 쪼개면 또 다른 틈이 생기듯 『삼국유사』의 몸체와 내 마음의 몸짓을 쪼개보면 또 다른 시가 생길 것이다"라고 하듯, 『삼국유사』의 몸체 = '체'(體)와 내 마음의 몸짓 = '용'(用)의 내적 관계의 '틈'을 '쪼개'어 "시를 얻는 것"이다. "틈을 쪼갠다"는 것은 고영섭 시인이 탈역사적, 탈정치적 맥락에 서 있음을 은

도서출판 선인, 2010), 161 - 164쪽 참조. 황종연 엮음, 『신라의 발견』(서울: 동국대출판부, 2008)을 참고 바람.

12) 각주 11) 참조.

13) 이에 대한 자세한 논의는, 최재목, 「凡父 金鼎卨의 '東方學' 형성과정에 대하여(1) -「東方學講座」 이전 시기(1915 - 1957)를 중심으로 - 」, 『동학학보』22호(동학학회, 2011)를 참조.

유적으로 표명한 것이다. "지금 이 순간 나는 입정에 들어 '어디로 내 시들을 흘려보낼 것인가'라는 화두를 또렷또렷하고 고요고요하게 들고 있다"라고 하듯이, 자신의 내면적 순수의식의 경지 - 현실사회의 맥락이 아니라 - 에서 얻은 시적인 체험을 언어적으로 풀어내고 있는 것이다. 다시 말해서 고영섭 시인은 자신의 시적 열망을 표출하는 한 방식으로서 『삼국유사』에 주목하고 그 서사 구조를 자신의 시적 서사 형태로 활용하고 있는 것이다.

2. 시를 향한 열망 - 부처를 흉내내기

시인이 시를 향한 열망은 '무명풍'(無明風)처럼 멈출 수가 없는 것이다. 예컨대, "한번 시상(詩想)이 떠오르고 나자 계속 떠오르는 것이 멈출 수가 없었다. (중략) 이전에 내가 읽거나 썼던 글들이 한꺼번에 눈앞에 떠올라 허공을 가득 채우는 것이었다. 그런데 어찌된 일인지, 내 온몸이 그대로 입이었다! 이 입이 또한 문자들을 계속 토해내는 것이었다"[14]라고 한 명대(明代)의 감산 덕청(憨山 德淸, 1546~1623)이 수행 과정 중에 겪은 고백처럼 말이다. 감산은 이것을 스스로는 치유하기 힘든 '선병'(禪病)이라 보았다. 정확한 말이다.

고영섭 시인이 말하듯, "소리의 사리"를 얻는 것이 시다. 매미를 통해서 시인은 피력한다. 시를 쓰는 것이 "가슴 속 애간장을 끊어내면서/ 온몸으로 뽑아낸 육자배기로/ 허공에 그려낸 둥근 포물선"이라고. '포물선'은 고정된 것이 아니다. "탈 영토화 된 노래의 모난 영토

14) 감산, 『감산자전』, 대성 옮김, (서울: 여시아문, 2002), 70쪽.

를/ 매미가 둥글게 재 영토화 하는" 것처럼, 끊임없이 재영토화, 재영토화 해 간다. 시인의 시작은 "온몸 던져 울음을 우"는 것이다.

> 소리의 사리를 얻기 위해서
> 제가 가진 모든 것을 벗어 던지고
> 숲 속에 정좌하여 우는 매미가
>
> 가슴 속 애간장을 끊어내면서
> 온몸으로 뽑아낸 육자배기로
> 허공에 그려낸 둥근 포물선
>
> 정신의 한 자락을 얻기 위해서
> 순간 순간 진실을 밟고 밟으며
> 최선을 다해 살고 있는 수좌를
> 본받고 있는가를 되묻는 매미!
>
> 탈 영토화 된 노래의 모난 영토를
> 매미가 둥글게 재 영토화 하는
> 오늘 나도 온몸 던져 울음을 운다.
>
> -「반성反省」 전문

시인은 시작(詩作)을 할 때 보통 병이 든다. '시병'(詩病)이다. 이 병은 어떻게 치유되는가? 언어는 자신이 표현하고자 하는 의향(意·情)을 완전하게, 투철하게 표현해내지 못한다는 것. 언어는 자신의 의향을 대변하는 "대리인 내지 대리모"라는 것. 그래서 언어는 은유적 · 장식적 · 방편적이라는 것 – 이러한 언어의 근저를 통관(通觀)하고, 언어의 수많은 분절화의 그늘 · 그림자 · 레토릭에 이끌리지 않는 비전[光]과 지혜[慧]로서만 치유될 수 있다. 언어는 번뇌의 자기전개이고, 번뇌의 '장(障: 겉 – 표면)'과 '애(碍: 속 – 내면)'의 리스트(목록)라는 것을 아는 것이 필요하다.

고영섭 시인이 '시'라는 것을, "생각만 하면 목이 메"는 '엄마', "사랑하다가 애간장이 녹아버리듯/ 참선하다가 죽어버리듯 떠난" '그녀'로서, (2006년 4월 5일 한 성묘객의 담뱃불에서 옮겨 붙은 불에 의해) 불타버려 다시 만날 수 없는 낙산사의 '관음상'에 비유하면 좋겠다.

엄마만 생각하면 목이 멘다
사랑하다가 애간장이 녹아버리듯
바람이 부는 봄날이 오면
참선하다가 죽어버리듯 떠난
그녀를 불러보며 눈물짓는다
사랑하다가 온몸을 태우면서도
사리하나 남기지 않고 떠난 그녀
나는 관음성상 앞에 머리를 조아리고
살아 못다 사랑한 그녀를 떠올리며
소리 없이 울음 운다 그리운 낙산사.

–「그리운 낙산사」 전문

'타버린' 것, 그래서 지금 여기에 없는 것을 애타게 찾는 것은 시의 언어적 한계를 상징하는 것이기도 하다. 타버리고 없기 때문에 갈구하는 '그리움'은 "관음성상 앞에 머리를 조아리"듯 명확한 지향점을 갖는다. 언어를 통한 것이지만 언어를 넘어서 있는 그리움이 지향하는 '실체'는 그리움을 넘어서 있는 것(=초월적인 것)이 아니라 그리움 그 속의 영성적 추구와 물음에 이미 내재해 있다. 물음 속에 답이 들어있다는 말처럼 그리움 속에 그리움의 대상과 목적이 들어있다.

고영섭 시인에게서 시가 언어적 한계 · 제한에도 불구하고 시(詩) – 시어(詩語)가 본질적 깨달음[本覺]에 이르는 행보[始覺]가 되는 것은 "시에 대한 열망" 그 자체가 내 몸의 물음이자 해답이기 때문이다. "사리하나 남기지 않고 떠난 그녀"에 대한 열망은 바로 "관음성상 앞에 머리를 조아림"으로 해답을 준다. 그렇다. 내가 나에 대하여 묻는 것과 대답함의 구조는 바로 시가 나의 '여래장'(如來藏)에서 분출되어 나오는 것 그 너머의 것이 아니라 내 속에서 내가 나를 이해(자기이해)하는 방식의 문제이기 때문이다.

그래서 고영섭 시인은 말한다. "온몸으로 발효시켜 낸/ 한 송이 푸르디 푸른 꽃!"(「시론詩論」)이라고. 시는 '땅 속'에서 "몇 년 가부좌를 틀고" 있던 '애벌레'가 '성충'으로 바뀌어 세상 밖으로 "화알짝 날개 펴며 절창"하는 것이다. 없던 것이 만들어진 것이 아니다. 아이들의 '옹알이'가 유창한 '말'로 이어지듯, 내 속의 나의 말이 시로 자기 전개하는 것이다.

> 용산 공원 원효 동상 언저리에다
> 가까스로 한 칸 지하 방을 마련해
> 쿨럭이며 한 치 몸을 누이던 그가
>
> 이른 새벽 숫 매미의 애벌레처럼

오랜 인고의 시간을 홀로 이기며
성충으로 탈바꿈을 꾀하고 있다

땅 속에서 나무 수액 빨아 먹으며
몇 년을 가부좌로 살아 왔던가
칠월 여름 밝은 세상 밖으로 나와
오전 내내 피워낸 온몸의 우화!

한밤 동안 부동의 자세로 앉아
껍질 벗고 성충으로 변한 매미가
마침내 땅 속 고행 끝내고 나서
화알짝 날개 펴며 절창 부르네.

-「우화羽化 2」 전문

무의식의 단계에 있던 생각이 지금 눈앞에 드러나는 것, 언어의 현행(現行)은 바로 '우화'(羽化)와 같은 것 아닌가? '우화'란 곤충의 번데기가 변태(變態)하여 성충이 되는 일, 날개가 생겨 하늘을 나는 것을 말한다.

언어의 현행(現行)은 인간의 마음의 근저에 들어 있는 "의식의 원천" - 부처는 '무명'(無明)으로 규정하고, 그 이후 유식(唯識)에서 찾아내 '아뢰야식(阿賴耶識, ālaya - vijñāna)'이라 규정한 것 - 에서 무시로 불어오는 그 지칠 줄 모르는 '바람' 혹은 '물결'(앞서서 '暴流'로 표현)같은 존재이다. 번뇌의 곳간(창고)은 바닥나지 않는다. 마르지 않는다. 현재 중국 - 네팔 변경에 있는 희말라야(Himallaya) 산을 보라.

산 위에는 사시사철 눈이 쌓여 있다. 그것이 녹은 물이 강을 이루어 흐른다. 히말라야(Himallaya)는 힘(Him. 雪: 눈)+아라야(allaya. 藏: 창고)의 결합어이다. "항상 눈을 쌓아두고 있는 창고 같은 산"이 희말라야이다. 그렇게 인간의 언어를 쌓아두고 있는 아뢰야식은 희말라야의 은유를 담고 있는 것이다.

앞서서 "시가 나의 여래장에서 분출되어 나오는 것"으로 언급했듯이, 결국 시는 "부처를 흉내 내는 것"이다. 아니, 흉내를 내다가 "부처를 닮아가는 것"이라 할 수 있다. "응어리진 한"을 "제 가슴 속에다/ 쟁겼다 또 풀었다 하며 소리를/ 얻어가는 것이다 소리의 끝에서/ 한을 넘어서는 소리를 내는 것이다!" 그래서 "한을 묵혀두지 말고/ 한을 넘어서며 소리를 얻을 때/ 비로소 한을 실을 수 있는 것이다."(「소리를 얻다 - 고향의 소리」 일부)

시는 언어 속에다 부처를 담고 있다. 그래서 시의 언어는 '응어리'진 채 남아있는 것이 아니고 언어를 넘어서기 위해서 있는 것이다. 언어는 고정되지 않고 세계를 만들고 허문다. 시어는 세계의 모든 생명(衆生)을 살리는 방향에서 선순환 한다. "산 위에서 부는 바람 시원한 바람/ 그 바람은 좋은 바람/ 고마운 바람'(동요, 「산바람 강바람」 일부) 처럼, 사람에게, 만물에게 생기를 불어넣어주고 다시 허망[空]의 세계로 빠져나간다. 바람이 그렇듯이 언어도 마찬가지이다. 허망에 기대어 생명을 이롭게 해준다. 바람과 언어의 선한 공능은 여기에 있다.

정체됨이 없이 산천초목과 사람에게 생기를 불어넣어 준 다음 원활하게 빠져나가는 것이 생명의 바람, 생명의 언어이다. 예컨대, 변덕스러운 곡풍[谷風, 골바람]은 만물의 성장을 돕는 바람(春風, 東風, 穀風이라 함. 골짜기에서부터 산꼭대기로 부는, 만물의 성장을 돕는 봄바람)이다. 불어서 만물을 잘 살리면 그것은 그만이다. 그런데, 바람도 세부적으로 보면/ 하늬바람 = 갈바람 = 가을에 부는 선선한 바람의 준말 = 서풍, 마파람 = 남풍, 동풍 = 샛바람, (낮에 골짜기에서 산꼭대기를 향해 부는 바람=谷風이) 밤에 방향이 바뀐 산풍, 실바람 남실바람 산들바람 건들바람 = 부드러운 바람, 매섭게 부는 바람 = 된바람 = 북풍, 낮에 바다에서 육지로 부는 바람 = 해풍, 밤에 육지에서 바다로 = 육풍. 같은 바람도 이렇게 시간, 공간에 따라 이름이 달라지고, 해석이 갈린다. 바람은 슬픔으로도, 기쁨으로도 표현된다.

어쨌든 수많은 바람, 그런 명칭에 속아선 안 된다. 바람은 같은 바람이다. 명칭 – 언어가 달라진다고 바람의 본질이 달라진 것은 아니다. 고영섭 시인은 이 점을 분명히 인식하고 있다. 아래의 국민생선 '명태'를 절창한 시를 보자.

지구가 서서히 더워지자 찬 바닷물결을 찾아
북태평양에서 베링해를 넘나들던 명태 한 마리
강원도 바닷가 한 어부의 그물에 걸려 체념한 채
지난 몇 몇 전생에서 불렸던 이름을
하나 하나 불러보며 제 업식業識을 회상해 보고 있다
처음으로 원양어선에 잡혀 불렸던 원양태
그 이듬해 근해에서 잡혀 불렸던 지방태
그 이듬해 봄에 잡혀 불렸던 춘태
그 이듬해 가을에 잡혀 불렸던 추태
그 이듬해 겨울에 잡혀 불렸던 동태
그 이듬해 갓 잡혀 불렸던 생태

그 이듬해 얼려 불렸던 동태

그 이듬해에 말려 붙여진 북어 혹은 건태

그 이듬해 꾸들꾸들하게 반쯤 말려 붙여진 코다리

그 이듬해 얼렸다 녹였다를 반복당해 노랗게 말려 붙여진 황태

그 이듬해 잘 말려진 황태처럼 결이 부드럽고 스펀지처럼 보슬보슬해 붙여진 더덕북어

재작년에 강원도에서 잡혀 붙여진 강태

작년에 낚시로 잡혀 붙여진 조태

오늘 그물로 잡혀 붙여진 망태

이 모든 이름들을 그는

지금 여기에서 생각해 본다

아! 나는 이곳에 너무 자주 태어났구나

이곳에 거듭 거듭 태어나며 얻어 들은 하고 많은 내 별명들!

제사상에까지 빠지지 않고 오르내린다 하여

국민들이 붙여준 국민생선이란 이름!

나는 아직도 이 허명虛名들에 속아

이 깊은 고통의 윤회 속에서 헤매고 있구나.

-「명태 - 국민생선」 전문

같은 고기 하나를 두고, 쓰임새 등 인연에 따라 '명태 - 원양태 - 지방태 - 춘태 - 추태 - 동태 - 생태 - 동태 - 건태 - 코다리 - 황태 - 더덕북어 - 강태 - 조태 - 망태 - 국민생선'으로 다양하게 부른다. 그래서 시인은 말한다. "나는 아직도 이 허명들에 속아/ 이 깊은 고통의 윤회 속에서 헤매고 있구나"라고.

시도 언어인 이상 '허명'이고 '별명'이다. 자음과 모음이 인연에 따

라 합성되어 나오는 것이니 '허(虛) - 가(假)'이다. 그러나 그것이야말로 있는 그대로 '실상'(實相)이다. 시는 기본적으로 '청정'(淸淨)을 지향한다. 시어(詩語)에는 '초발심'(初發心)이 들어있다. 그래서 시심(詩心)은 여래 - 불성을 '장'(藏)하고 또 드러내는 것이다.

결국 진리가, 언어를 통해서 표현될 수밖에 없다고 한다면, '명태 - 원양태 - 지방태 - 춘태 - 추태 - 동태 - 생태 - 동태 - 건태 - 코다리 - 황태 - 더덕북어 - 강태 - 조태 - 망태 - 국민생선'라는 허명에 기대어 드러날 수밖에 없다. 의상대사가 '법성게' - 고영섭 시인은 "내 생각의 우주지형도"(「의상義湘 - 선묘와 법성게」)라고 하였다 - 를 만들고 나서 그 이유를, "시에 의지한 까닭은 허망(=허구)에 발을 딛고서 진실을 가리키려는 것이다"(所以依詩, 卽虛顯實)라고 했듯이 말이다.

시는 허구의 표현이지만 그것마저 없다면 진실을 드러낼 길이 끊긴다. 단절을 넘어서는 방편으로서의 시는 진실을 지향하는 마음이 담긴 것이다. 그래서 시를 통해서 진실을 직지(直指)해 주는 작업, 그런 사명이 바로 시인에게 부여되어 있다. 시인은 '고향'을 찾아가는 사람들에게 길을 가르쳐 주는 일을 전문으로 하는 사람이다.

지친 사람이 쉬는 곳이다

외로운 사람이 기대는 곳이다

나는 온 식구들이 있는 곳으로

날마다 찾아가 긴 숨을 쉰다.

-「고향」 전문

'지치고' '외로운' 사람들이 거기에 기대서 쉬고, 고향으로 가는 길을 찾도록 안내하는 사명감. "소 찾으러 산으로 간 어린 목동"(「목우牧牛 - 지눌의 전환」 일부)에게 소를 찾도록 도와주는 자비심이 시심(詩心)이다.

그래서 고영섭 시인은 어떤 방식으로 '지치고' '외로운' 사람들, "소 찾으러 산으로 간 어린 목동"을 진정한 세계로 안내하려는 것일까?

3. '생명의 마중물' – 대승의 시심(詩心)

고영섭 시인이 이번 시집을 통해 전달하고자 한 진정한 시적 의도는, 마치 미소가 사라진 불상이 미소를 찾아주듯이, 고뇌 속의 사람들에게 손질 – 눈길 – 미소를 주는 것, 빛과 희망을 찾아주는 것이다. 여기서 일일이 들지 못하지만 『삼국유사』에 등장하는 주요한 인물들에 대한 시는 모두 빛과 희망에 대한 증언 – 증거처럼 보인다. 그 전체를 바탕으로 고영섭 시인은 "인자하고 은은한 고졸한 미소"를 찾아 모두에게 희사(喜捨)하고 싶은 것이다.

> 어려운 때일수록 그리워지는
> 더운 손길 너머 핀 화안한 눈길
> 자신을 억제하며 이겨내 피운
> 인자하고 은은한 고졸한 미소
>
> –「미소는 어디로 가셨는가 – 미소가 사라진 불상을 보며」 일부

근원적으로 대부분의 시인은 "미소가 사라진 불상을 보며" "미소는

어디로 가셨는가"라고 물으며, 미소의 길과 방법을 찾아내어 복원해 주는 사람들에 속한다. 고영섭 시인의 시작은 이런 근원적인 인간애(휴머니즘)를 깔고 있다. 그의 시는 '진리 - 법 - 여래 - 불'이라는 우리 존재의 '처음'에 다가서려는 인고에 찬 노력의 표현법이다.

시는 '처음', 즉 사물과 인간의 근원, 기원, 시원에 눈을 돌린다. 그것으로써 생명, 사랑, 진리가 무언가를 이야기하려고 한다. 그래서, 바람이 만물에 생기를 불어넣으면 그만이듯이, 시는 무상한 것에 대해 '마음(의식, 사고)'이 있기에 고뇌를 느끼는 인간을, 고뇌에 막혀 있지 않도록, 무시로 부는 바람(=무명풍)의 의미와 의의의 자각을 끊임없이 알려주고, 그것에 사로잡히지 말고 그 본질에 깊이 눈 뜰 수 있게 해 주는 일이다. 바람이 막혀버리면(=장애가 되면) 산천초목과 인간은 생기를 잃고 망하듯이, 자아의 그림자인 언어도 계속 그림자인 채로 남아있지 않고 생명의 선순환 형태로 자모음을 조합하여 워딩해 가야 한다. 이것이 시이고, 그런 역할을 하는 사명이 시인에게 있다. 아울러 시인은 바람과 언어처럼 그것은 '장애'이자 바로 '깨달음의 원천 · 근거 · 바탕'이 됨을, 따뜻하고 낮고 소박한 음성으로, 같은 눈높이에서, 상처 입은 의사의 마음으로, 조용히 속삭여 줄 수 있어야 한다. 시작(詩作)은 원음(圓音)을 배워가는 연습이다. 모든 고통받는 생명을 살려내려는 발심(發心)이다.

그래서 고영섭 시인은 시를 "생명의 마중물"이라고 은유적으로 규정한다. 아마도 이번 시집 『바람과 달빛 아래 흘러간 시』의 전체 내용을 압도할만한 문구는 바로 "생명의 마중물"이 아닐까?

내 너를 맞으려

숨도 쉬지 못하고
검은 눈썹 휘날리며
달려 온 즈믄 길

너 나를 맞으려
뛰는 가슴 움켜쥐고
앞섶 열어 젖히며
뛰어 온 즈믄 길

하늘이 내린 연분
땅이 맺어준 인연으로
펌프 속에서 만나
서로를 지워버린 첫날밤!

땅 속과 땅 위가 어우러져
활짝 피운 꽃 한 송이
우리 숨결 속 되도는
생명의 마중물.

-「마중물」 전문

"하늘이 내린 연분"의 물과 "'땅이 맺어준 인연"의 물이 "펌프 속에서 만나/ 서로를 지워버린 첫날밤!"처럼 "일심(一心)의 근원"으로 돌아가서[=歸一心源] "땅 속과 땅 위가 어우러져/ 활짝 피운 꽃 한 송이/ 우리 숨결 속 되도는/ 생명의 마중물"이 되는 것. 이것은 얼마나 진정성 있고, 멋진 발상법인가!

마중물이란 펌프에서 물이 잘 나오지 아니할 때 물을 끌어올리기 위하여 위에서 붓는 물을 말한다. 저쪽의 물을 이쪽으로 끌어올리기 위하여 방편적으로 사용하는 물. 생명을 건져내기 위하여 이쪽에서 붓는 물. 마중 가는 일은 즐거운 일이다.

'달마중'의 즐거움처럼, '생명 마중'을 하는 일은 쌍방의 열락(悅樂)을 가져다준다. 세상의 모든 생명들을 구하려는 마음은 다름 아닌 원효의 '요익중생'(饒益衆生, 중생들을 풍요롭고 이익되게 함)이다. 다른 말로 표현하면『삼국유사』의 단군신화에 나오는 '홍익인간'(弘益人間, 널리 베풀어주면서 세상을 이롭게 함)이거나 최치원의「난랑비서」에 제시된 '접화군생'(接化群生, 뭇 생명들 편에 서서 교화함)이다. "생명의 마중물"은 이와 같이 동체대비(同體大悲)의 지향을 담은 "대승(大乘)의 시심(詩心)"인 것이다.

이제 이쯤 되면, 고영섭 시인은 불교에 갇혀 있어선 안 되고 불교를 떠나야 하는 과제를 떠안게 된다. "백척간두진일보"를 되새겨 보아야 한다. 이것은 불교를 살리기 위해서 불교를, 그리고 불교 언어를 살리기 위해 불교 언어를 과감히 벗어나야 한다는 말이다. 불교의 언어를 죽이고 과감하게 일상 언어의 세계로 돌아와 일상의 눈과 마음으로 세상을 다시 바라볼 필요가 있다. "불교를 만나면 불교를 죽이고, 불교 언어를 만나면 불교 언어를 죽여야 한다!" 그래야 불교, 불교 언어를 살릴 수 있다.

불교는 불교 속에 있지 않고, 오히려 불교 저 밖에 존재하면서 숨쉬고, 사유하고 있는 지도 모른다. 불교 교단, 학계와 같은 허구적 조직, 아니 멋진 보호막(호화저택) 속에 진정한 불교시가 있는 것이 아니다.

불교, 불교시는 불교인들과 불교조직이 돌보지 않고, 아니 그들이 전혀 눈치 채지 못하는 곳에서, 자신의 몸을 드러내지 않고, 눈 · 비를 맞으며 외롭게 서성거리고 있을 지도 모른다. 이런 불교, 불교의 언어를 찾기 위해서는 불교의 눈이 아닌 '낯선 눈'으로, '낯선 언어'로 불교를 이해하고 표현하는 수밖에 없다. 불교, 불교시를 살릴 수 있는 길은 여기에 있다.

무애가, 무애무를 통한 원효의 무애행처럼, 불교의 언어 - 화법을 고집하지 않고, 그것을 과감하게 넘어서야만 우리 모두의 "미소가 걸어온 길"을 찾을 수 있을 것이다. 그런 "생명의 마중물"이 되도록, 우리는 시인의 작업을 기대하고, 또 기억해야할 것이다.(*)

'영원'을 향한 고요한 미분
- 이구락 시인의 시세계 -

0. 항상 젊은 시인, 이구락

늘 겸손한 모습으로 타인을 배려하고 살아가는 이구락 시인을 보면 시인 이전에 한 인간의 모범을 보는 듯하다. 나는 이런 인생의 선배 앞에서 늘 고개를 숙인다. 그의 시에는 이런 인생의 고요한 겸손함이 깃들어 있고, 그것이 독자에게 큰 울림을 안겨준다. 작은 것이 얼마나 큰 것이고, 보이지 않는 것이 얼마나 더 뚜렷한 것인가.

항상 젊은 얼굴로 나의 기억에 남아 있는 선배 이구락 시인이 어느덧 정들었던 직장을 물러난다고 한다. 정년퇴임이란다. 아! 세월은 빠르다. 시인은 정년이 없는데, 직장에는 정년이 있다. 정해진 해(=기간)이라는 의미에서 '정년(停年)'보다는 '정년(定年)'을 쓰고 싶다. 특히 30년 시력(詩歷)을 가진 이구락 시인에게는. 또 다른 새로운, 자유로운 나날이 정해지리라 믿는다.

지금 내 손에는 『그해 가을』(포엠토피아, 2002)과 시선집인『와선』

(시와반시, 2010)이라는 두 권의 시집이 있다. 나는 이 둘을 읽고 시인 이구락의 시세계에 대한 소감을 적어보고자 한다. 이구락 시인 한 평생의 수확을 한 두 마디로 다 드러내기는 어렵다. 그래서 나는 내 시선에 잡힌 시적 사유의 한 획을 스케치해보고자 한다.

글재주도 없는, 더군다나 시평을 할 능력도 없는 후배에게 자신의 평생 썼던 시에 대해 한 마디 적어달라는 청을 미루고 미루다가 이제사 겨우 마무리 하게 되었다. 글을 써주기 싫어서가 아니라 잡무에 쫓겨 너무 바삐 살다보니 약속 기한을 이미 훌쩍 넘겨 버리고 만 것이다. 면목이 없다. 그래도 독촉을 않고, 묵묵히 참고 기다려 준 선배 이구락 시인에게 다시 한 번 고개를 숙인다.

1. '와선' – 시간의 벼랑 끝 참선

깨달음을 얻기 위한 참선에는 보통 앉아서 하는 좌선(坐禪), 걸어다니면서 하는 행선(行禪), 앉아서 하는 좌선(坐禪), 누워서 하는 와선(臥禪)이 있다. 일반적으로 앉아서 하는 참선이 효과적이기에 참선=좌선이라는 생각이 생겨났다. 그런데 행 · 주 · 좌 · 와 가운데서 가장 어려운 것이 누워서 하는 와선이란다. 왜냐? 누워서 하는 호흡은 편하고 쉽다는 장점이 있지만 쉬이 잠들어 버리고 만다는 단점이 있다. 생각해보면 누워서 호흡하다 어느새 잠들어 버리는 일만큼 행복한 삶도 없겠다.

이구락 시인은 왜 시선집 제목을 『와선』으로 했을까? 누워서 눈감고 호흡을 시작해보자는 뜻일까? 처음 내가 가진 의문이었다.

『와선』의 「自序」(2010. 7)에는 이렇게 썼다.

> 오래 머뭇거리는 발길을 잡아주는, 속 깊은 우정이 결국 이 책을 엮게 만들었다. 원래 정이란 이렇듯 짓궂은 장난기 속에 거부할 수 없는 온기를 숨기기도 하고 아닌 척 하면서도 돌아서서 눈물 글썽이게 하는 것이거늘.
>
> 덕분에 내 30년 시력을 되짚어보니, 이 지리산 대성골 쓰러진 참나무 등걸에 돋아난 노루궁뎅이버섯보다 못하다. 부끄럽다. 하지만 어쩌랴. 단단하게 얽혀있는 이 원시의 숲속에 드문드문 눈치 없이 솟아오른 저 적송처럼, 다만 시의 숲에서 내 시도 계속 눈치 없이 삐죽삐죽 솟아올랐으면 좋겠다.
>
> – 사흘간 마지막 원고 정리를 한, 지리산 대성리에서

진정성이 느껴지는 서문이다. 「정이란 (…) 아닌 척 하면서도 돌아서서 눈물 글썽이게 하는 것」이란다. 맞다. 초코파이 껍질 위에 쓰인 '정(情)'이란 글자처럼, 문득 가만히 손에 거머쥐고픈 「거부할 수 없는 온기」 그게 시(詩) 아닐까? 그렇다. 이구락 시인에게 시는 바로 '정'이다. 거부할 수 없는 온기로 이끌려오는 것이다. 그는 말한다. 「내 30년 시력을 되짚어보니, 이 지리산 대성골 쓰러진 참나무등걸에 돋아난 노루궁뎅이버섯보다 못하다. 부끄럽다. 하지만 (…) 시의 숲에서 내 시도 계속 눈치 없이 삐죽삐죽 솟아올랐으면 좋겠다.」 참 진솔한 고백이다. 거부할 수 없는 온기처럼, 시는 우리 인생 속에서 「계속 눈치 없이 삐죽삐죽 솟아오르는」 것이고 앞으로도 그렇게 되기를 바란다. '아!', '엄마!'하는 말처럼 인간이 입을 열 때 직관되는 그 '언어의 첫 순간'을 스케치해내는 것이 바로 시이다. 그래서 시는 사물의 기원에 가

닿을 수 있다. 사물이 언어로 전환되는 그 첫 순간에 눈길이 가 있는 것이다.

그렇다면 이구락 시인의 와선은 잠듦이 아니라 눈감고 계속 수행하는 것 아닌가? 말하고 생각하는 것 아닌가? 시작(詩作)으로 부처를 꿈꾸는 당찬 각오 아닌가. 「지리산 대성골 쓰러진 참나무등걸」은 시인 자신이고, 거기서 돋아난 「노루궁뎅이버섯」은 시일 테니, 시인은 쓰러진 참나무등걸처럼 누워서 참선하며 노루궁뎅이버섯 같은 시를 쑥쑥 눈치없이 삐죽삐죽 솟아올리려 희망한다. 결국 '시의 부처'를 꿈꾸는 것이다. 참, 욕심도 많다! 그러나 얼마나 순수한 욕망인가.

시인의 대표시로 정한 「와선(臥禪)」에는 영원을 받아들이는 낮음과 순수함, 그리고 보이지 않고, 들리지 않고, 만질 수 없는 것에 대한 시선이 보인다.

> 설토화(雪吐花) 잎에 내리는 가을비
> 귀에 들리지 않아라
> 귀에 가득 찬 저 아득한 눈부심,
> 목침(木枕) 높이면 마음 속 가득
> 가을비는 만상(萬象)을 적시며
> 물안개 속으로 손 흔들며 사라지노니,
> 물 흐르는 쪽으로 사라지는 작은 길 끝
> 맨발의 빛부신 땅도 잠깐
> 잠깐 비치다가 사라지노니
>
> -「와선(臥禪)」 전문

「사라진 작은 길 끝」에 있는 「눈부신 땅」은 이구락 시인의 유토피아이다. 그것은 불행하게도 「잠깐/잠깐 비치다가 사라지」는 것이다. 그 사라지는 것을 한없이 건져내고, 빛내고, 들춰내는 일은 산천의 돌 하나를 닦고 닦아 물건을 만드는 일처럼 지난하다. '닦는' 일은 '수신(修身)'이다. 내면을 향한 자신의 닦음이다. 겉만 닦는 것이 아니라 세포 깊숙이 스며든 때를 빼는 일이다. 돌은 다름 아니라 자신이며, 그리고 길=도(道)이다. 그것은 눈에 보이지도 않고, 귀에 들리지도 않고, 손에 만져지지도 않는 것이다. 하지만 이것들을 눈에 보이고 귀에 들리고 손에 만져지는 것으로 바꾸는 일을 포기할 수가 없다. 시인의 꿈은 그런 것 아닌가. 낯익은 것들을 그 근원에 다가서서 낯설게 해석해내는 일, 다시 살려내는 일이다.

언어를 다루는 일은 결국 자신을 다루는 일이다. 흐드러진 언어가 시인을 만나면 시(詩)가 되고, 흐드러진 인간이 수행을 만나면 부처가 된다. 이처럼 이구락 시인의 꿈은 시를 켜켜 간직하고 임자(='주인공')를 만나 자신을 드러내는 '돌+부처'가 되는 일이다.

이구락 시인은 돌을 '기르면서' 돌의 속살을 한겹 한겹 벗겨내고자 한다. 비유하자면 「그는 여자들의 옷을 마음속으로 벗겨본다./그러면 여자들은 알몸이 되어/자유분방한 포즈로/정오의 햇살을 즐기거나 차를 타고 내린다」(「꿈꾸는 식물」 일부)처럼 마음 속으로 돌을 벗겨 알몸을 들여다 보는 일이다.

> 돌은 사물이 아니라 시간이다 돌을 길러본 이는 한 겹씩 시간을 벗겨내는 인고의 맛 아느니, 돌에 물 주고 돌에 햇빛 쬐이고 돌에 바람 쐬이다 보면 어느 순간 돌은 속살을 드러낸다 켜켜이 가슴에 쌓아온 물소리

> 바람소리도 토해낸다 그게 하루 이틀이 아니고 한두 해가 아니고 일이십 년이 아닐 수도 있다 깊은 골짜기 모임에서 떨어져 나와, 수십 억 년 물과 바람에 씻기고 다시 흙 속에 묻혀 군살 털어내고 다시 흙 밖으로 나와 물길 따라 뒹굴며 흐르는 동안, 돌은 누가 불러내 해독해줄 때까지 겹겹의 무늬로 온몸 감싼다 그 무늬 속 나이테 따라가다보면 억 년 전 불의 제단과 만 년 전 얼음궁전과 천 년 전 먼 우레의 들판이 바람벽처럼 우우우 일어서서 삼년 홍수와 칠년 가뭄까지 불러낸다 오늘 돌 앞에 서서 우러러 경배하는 나의 아침이 아, 천길 물속처럼 고요하다
>
> –「돌의 시간」 전문

돌에다 물을 주고, 햇빛을 쬐이고, 바람을 쐬이면서 순간 돌이 제 속살을 드러내기를 기다린다. 돌을 '기르면서' 마치 풀이 돋아나고 자라고 꽃을 피우듯이 돌이 한 겹씩 거기에 감긴, 쌓이고 쌓인 시간을 한 겹 한 겹 벗겨내는 인고의 '맛'(정취, 풍류)을 느낀다. 돌은 자신을 불러내 해독해주는 자를 만날 때까지, 겹겹의 무늬로 온몸 감싸고 있다. 그 무늬 속에 가만히 또아리를 틀고 있는 나이테를 따라가다 보면 돌은 '기르는 사람'에게 자신을 보여주고, 자신의 영혼과 과거를 토해낸다. 억 년 전 불의 제단과 만 년 전 얼음궁전과 천 년 전 먼 우레, 삼년 홍수, 칠년 가뭄, 켜켜이 가슴에 쌓아온 물소리 바람소리를 스토리텔링하는 것이다. 이쯤 되면 돌은 이미 돌이 아니라 인고의 시간과 삶을 풀어내는 시인이다. 바로 이구락 시인 자신의 이해이자 해석이다. 그런데 시인이 느끼는 시간은 경험적 시간이 아니라 '어느 순간'이라는 상상의 시간이며, 순간=영원이라는 주관적인 시간이다. 현재에 발을 딛고 한쪽은 시원으로 향하고 한쪽은 영원 – 무한으로 향하는 고리를

찾아내려는 처절한 인간적 희구이다. 이러한 희구는 아래의 「야간열차」에서처럼 미지의 어둠 속으로 달려가거나 밤하늘을 하염없이 가로지르는 영혼이 만들어내는 온갖 손짓 - 발짓이다.

> 먼 우주의 어둠 속으로 달려가고
> 그리운 이름들이 유성처럼
> 밤하늘을 가로지른다
>
> -「야간열차」 일부

> 다시 행간 사이 자욱한 노을이 지고
> 오리무중의 수상한 잠 속으로
> 나는 천천히 걸어 들어갔다
>
> -「그해 겨울」 일부

> 서방정토 아미타불 계시는 곳으로
> 조금씩 다가가는 달처럼
> 동방항공 MU5313기, 서쪽으로 날고 있다
>
> -「오랜 일몰 속을 날다」 일부

> 당신의 길 끝을 향해 저토록 조심스레 걸어가신다
>
> -「아버지의 뒷모습」 일부

> 스치던 바람은 지금 어디쯤 가고 있을까
>
> -「별 마시기」 일부

어깨동무 하고 나란히 가고 있는 이 길의 끝은 또 어디입니까

-「길 끝을 향하여」 일부

흐린 날은 바람도 추억 쪽으로 흐르니
세상은 문득 아득하여
오래오래 저문다

-「흐린 날은」 일부

맨발의 빛부신 땅도 잠깐
잠깐 비치다가 사라지노니

-「와선(臥禪)」 일부

이구락 시인은 끊임없이 어디론가 걸어 들어가고, 또 걸어 나온다. 마음은 향방도, 늘어남도 줄어듦도 없다. '영원' 쪽으로 왔다 갔다 한다. 그러니 여래(如來)이고 여거(如去)이다. 마음은 끊임없이 어디론가 흐르고 있다. 멈추지 않는다. 그러나 어쩌랴. 이 땅 위에 영원은 없노니, 오직 우리의 영혼에서만 우리의 내면에서만 영원이 존재하거늘.

2. 영원을 향한 깊고 푸른 길

시인은 인간에게 영원이란 없음을 안다. 그럴수록 「캄캄한 사람의 길이 천 년 동안 돌 속에 제 몸 구겨 넣」은 것을 찾아 나선다. 그래서 「천 년을 이어온 어부의 노동이 느릿느릿 끌고 오는 개펄의 저 깊고 푸른 길」을 응시한다.

사천만 개펄 속엔 먼 가야시대 토기 묻혀 있다 천 년 동안 곰삭아, 저녁노을에 농익어 토기는 짙은 적갈색이다 수석인들이 고기석(古器石)이라 부르는, 사천만 종포리 개펄 속의 돌이다

종포리 늙은 어부의 집, 바다가 멀리 물러서고 개밥그릇에 노을 혼자 남아 오래 저물고 있다 개펄에 몸져누운 목선 한 척 바람 속에 늙어가고 세상 모든 길들이 돌아와 잠자리에 드느라 개펄이 오래 소란스럽다

천 년을 이어온 어부의 노동이 느릿느릿 끌고 오는 개펄의 저 깊고 푸른 길은 늘 마음이 캄캄하다 캄캄한 사람의 길이 천 년 동안 돌 속에 제 몸 구겨 넣고 나니, 돌은 이제 더 이상 야윌 데 없어 그저 환한 적막 속에 새 한 마리 풀어 놓는다

-「깊고 푸른 길」 전문

깊고 푸른 길은 돌 속에 드러나는 것이 아니라 바라보는 자에게 '보이는' 것이다. 그리고 그것은 '새'로 환생한다. 새는 상상이다. 새를 통해서 돌은 「이제 더 이상 야윌 데 없어 그저 환한 적막 속」을 벗어나 새로운 광막한 세계를 열어간다. 여기서 길은 돌이고, 돌은 길이다. 돌은 「잠들었」다 「깨어나」 「꿈꾸며」 영겁을 사는 것이다. 시인은 돌을 보면서 그런 영원의 길에 눈을 뜨고 있다. 길은 단순한 시간이 아니다.

단양천 유천 물길 만나
남천강 되어 다시 흐르는
월연정, 아득한 돌밭에 비가 내린다

비에 젖어 돌들은 비로소 눈뜨고
오랜 잠의 숲에서 천천히 걸어 나온다
형형색색, 꽃피는 돌밭
그 중 가장 아름다운 청록빛, 주름 깊은
큰 돌 옆에 앉아 본다
돌은 힘 있는 근육 슬며시 풀며
자욱한 물안개로 푸른 산자락 지운다
눈감으면 돌의 숨결 너머 나직이
물이 흐르고 시간이 흐르고
바람과 우레 그 위에 설핏 둥지를 튼다
비 그치고
눈부신 햇살 돌 위에 내려와 앉는다
돌은 돌아누워 서서히 다시 잠들며
꿈꾸기 시작한다
하늘이 그의 잠을 다시 깨울 때까지,
깊은 주름 속에 고이는 부질없는 꿈으로
조금씩 조금씩 더 야위어가며

-「눈뜨는 돌」 전문

에서처럼 길은 돌들을 통해서 비로소 「눈뜨고」 「오랜 잠의 숲에서 천천히 걸어 나온다」. 이구락 시인에게서 돌은 영원으로 가는 길이다.

그리고 이 길은 추상적이고 관념적인 것이 아니라 눈 뜨고 바라보면 보이는 일상세계이다. 일상 속에서 늘 바라보는 경치들이다. 발 딛고 있는 이곳을 잘 들여다 보면 삶의 주봉도 부봉도 보인다. 원근의 산경(山景)도 보인다.

오리들 떠난 빈자리
오석(烏石) 한 점 주워드니
제법 능선이 길게 뻗은 원산경(遠山景)이다
눈높이로 들고 실눈으로 바라보니
멀리 팔공산 능선이 겹쳐 보인다
주봉과 부봉 사이
한 무리 철새들 내려앉아 몸 부빌 만한
역광의 눈부신 갈대밭도 보인다
저녁햇살이 강물 잘게 접어 흘려보내는 동안
돌 한 점 들고 물가에 서서
마음이 저무는 쪽 오래 지켜본다

-「가을 금호강」 일부

삶은 「저녁햇살이 강물 잘게 접어 흘려보내는 동안」만이라도, 무심한 「돌 한 점 들고 물가에 서서/마음이 저무는 쪽 오래 지켜보는」 일이다. 모쪼록 돌에 눈이 머물고 마음이 향한 이구락 시인에게 이제 '돌=자신'을 '와선'을 통해서 '부처'로 만드는 일을 기대해 볼일이다.

그에게 돌은 길이다. 공자가 「아침에 도를 들으면 저녁에 죽어도 좋다(朝聞道, 夕死可矣)」고 했듯이, 「저녁햇살이 강물 잘게 접어 흘려보내는 동안」 돌에서 길=도(道)를 보았다면 이미 이구락 시인은 영생하는 것 아닌가?

이런 달관에서 묻는 그의 물음은 아름답다.

사랑길을 따라가면 그 끝은 어디입니까 절망길을 따라가면 그 끝은 어디입니까 잘못 결혼한 청춘, 잘못 악수한 행복, 잘못 품은 원한, 어깨

동무하고 나란히 가고 있는 이 길의 끝은 또 어디입니까

-「길 끝을 향하여」 일부

「그 끝은 어디입니까/이 길의 끝은 또 어디입니까」라는 물음에 이르면 막막해진다. 그러나 겸손해진다. 우리는 묻는 존재이다. 답이 없어도 끊임없이 물으며 살고 있는 것이다. 고뇌하며 살고 있는 것이다.

3. '물=돌=길=삶'의 옷벗기기 혹은 영원을 향한 고요한 미분

원래 삶의 통로는 보이지 않는다. 그러나 시인은 보이지 않는 돌 속을 훤히 들여다보듯 삶을 이리저리 미분해내고 삶의 무한한 유동성을 인지하고 있다.

결국 삶의 통로는 낮은 곳이다, 그러나 그것이 얼마나 높은가. 낮은 그곳이 바로 「우리들 꿈의 열려진 창」이다. 그러니 얼마나 높은가? 모든 착한 것은 「낮은 위쪽」이라는 노자적(老子的) '물'의 달관을 터득한 시인에게서, '와선'이 결국 '물 같이 사는' 연습임을 알게 된다.

칠성시장 자판 앞에 앉아
늘 온몸으로 노래 부르는 김씨부인처럼,
때로는 구정물이나 맹물 같은 여자로
살아가는, 우리의 도시
구멍가게 박씨부인처럼

그러나 낮은 곳은 성감대가 늘 위쪽이므로
온몸으로 밀려오는 물을 받아들이며

위쪽이 곧 낮은 쪽임을 느낀다
낮은 위쪽은 물의 통로이므로
우리들 꿈의 열려진 창이므로
우리는 모두 흘러가는 물의 길 보며

물같이 살아가는 게
착하게 사는 일임을 알게 된다

-「낮은 위쪽, 물같이」 일부

어디 「때로는 구정물이나 맹물 같은 여자로」 사는 일이 쉬운가? 그러니 '눈감고 눈 뜨는' 연습이 필요하다. 그 연습 속에서 바라보는 것은 강(江)이다. 단단한 돌에 형형색색 무늬를 새길 줄 아는 장인(匠人)인 강. 천천히 그것은 우리를 따라온다.

강은 천천히 우리를 따라왔다
숨죽인 장인(匠人)의 손길로
단단한 돌에 형형색색 무늬 새기며
강은 천천히 우리를 따라왔다
산모퉁이 돌아들자
마지막 일합(一合)을 겨룬 검객의 정지 동작으로
강은 멈춰 서서 노을을 받고 있었다
노을 속에 번지는 물 냄새
강은 아무도 눈치채지 못하게 몸 한번 뒤척이곤
슬쩍, 바위 위로 뛰어올라
꿈꾸는 눈빛으로 젖은 알몸 말리고 있었다

그 옆에 무늬 고운 돌 하나

남한강 목계 여울이었던가
아, 그리운 강물소리
방안에 가득하니, 돌은 제 무늬 사이
가느다란 길 하나 내고 있다
아득한 길 끝에서 반짝이는
강 노을과 물 냄새,
그 아래 몸져눕는 낯익은 산그늘이
다시 방안을 가득 채우고 있다

–「강으로 가는 길」 전문

이쯤 되면, 와선은 자연과의 빈틈 없는 합침이다. 「아, 그리운 강물소리/방안에 가득하니, 돌은 제 무늬 사이/가느다란 길 하나 내고 있다」는 대목에서 '물=돌=길=삶'을 볼 수 있다. 우리의 오랜 전통인 '천지무간(天地無間)이다. 하늘과 땅 사이에 살아가는 나는 아무런 경계가 없다. 거기서 시인은 형형색색 꿈을 꾼다. 그러니 '꿈꾸는 와선'이다. '돌+부처'가 되려는 꿈이다.

여기서 조용히, 다시 한 번, 「눈뜨는 돌」을 회상해 보자.

형형색색, 꽃피는 돌밭
(...)
눈감으면 돌의 숨결 너머 나직이
물이 흐르고 시간이 흐르고
바람과 우레 그 위에 설핏 둥지를 튼다

비 그치고
눈부신 햇살 돌 위에 내려와 앉는다
돌은 돌아누워 서서히 다시 잠들며
꿈꾸기 시작한다

-「눈뜨는 돌」 일부

우리는 이제 이구락 시인의 꿈꾸는 와선, 「돌아누워 서서히 다시 잠들며/꿈꾸기 시작」하는 수행에 조용히 귀를 기울이자. '물=돌=길=삶'의 옷벗기기 혹은 영원을 향한 고요한 미분 작업에 귀를 기울이며 '돌의 숨결'이 새로운 '시의 부처'로 환골탈태하는 날을 희망해보자. 가슴 설레는 일이다.

‘시(詩)’의 ‘집’으로 ‘가다’ : 한 생애의 귀환(歸還)을 바라보며

- 김양선의 시집 『시집가다』를 읽고 -

1. 인연, 그리고 또 인연

인연…. 잠시 과거를 회상한다.

몇 년 전의 일이다. 합천 해인사의 승가대학에 4년간 강의를 다닌 적이 있다. 소나무 향기 그윽한 산길로 접어들 때면 굽이굽이 몸은 산과 물이 되는 듯 ‘지금 이 순간’의 한복판에 서 있음을 느끼곤 하였다. 나는 거기서 〈동양철학〉과 〈글쓰기〉를 가르쳤다. 그때 학인스님이었던 재천스님을 만났다. 이후 나는 연구년을 얻어 네덜란드로 떠났고, 해인사의 일들을 거의 잊고 지내왔다.

올해 마침 서울 동국대학교 불교대학원에 〈선과 중국근대철학특강〉 과목을 맡게 되었다. 첫 강의의 수업 시간. 강의실에 들어섰는데, 어디서 많이 본 얼굴이었다. 재천스님이었다. “아! 스님…”. 물론 다른 낯익은 스님들도 계셨다. 해인사 승가대학에서 만났던 분들이었다. 순간 나는 느꼈다. ‘아…인연, 또 인연이구나!’

두 번째 수업을 마치고 서울역으로 향하려는 참이었는데, 재천스님이 "어느 보살님이 좀 봤으면 하니 시간 좀 내어주었으면 합니다."라고 하였다. "무엇 때문인지요?"라고 물었더니, "오늘 만날 보살님이 지난 날 참 어려운 시간을 보내시다가 연세가 드셔서 근래 불교를 알게 되셨고, 더욱이 제가 시를 지어보시라 했더니 참 성실하게 잘 짓고 계십니다. 그 이후 마음의 평온을 찾고 삶의 즐거움을 알게 되셨습니다."라고 말해 주었다.

재천스님은 다시 말을 이었다. "그 보살님이 쓴 시 원고를 좀 봐주셨으면 합니다. 시를 좀 다듬어 시집을 내고 싶어 하시는데, 가능하시다면 시평을 좀 해주실 수 있을런지요?" 그날은 내가 왜 그랬는지 모르지만 '예, 그렇게 하지요!'라고 즉답을 하고 말았다. 일단 그분부터 먼저 만나 보자고 하였다. 이래저래 바쁜 원고들이 밀려 뻔히 어려운 상황인데도, 내가 거절 못하고 선뜻 오케이 한 것은 누군가 시를 쓴다는 것이 무척 반가웠던 탓이다. 아니 그보다도 더 근본적으로는 재천스님과의 인연 때문이었을 것이다.

재천스님과 나란히 걸어서 동국대 뒤편으로 내려가 마침 나를 기다리던 보살님을 만났다. 김양선이라는 분이었다. 연세가 좀 들어보였지만 첫눈에 예술가적인 면모를 눈치챌 수 있었다. 섬세하고, 감각적이신 분 같았다. 이야기를 하다 보니, 그림도 그리시고 악기도 제법 다룰 줄 아시는 분이었다.

나는 준비해온 원고를 읽어나갔다. 5 - 60 편 남짓. 짧고도, 차분한 어조로 정리한 내면 풍경을 나는 만날 수 있었다. 시를 접한다기보다 당초 내가 관심을 가졌던 것은 글을 통해 김양선이라는 분의 삶을 읽고 싶었다. 언어를 통해서 그 분의 인생 보따리를 열어보고, 그것이 말하는 삶의 진실을 좀 들여다보는 일은 마치 내가 시를 쓰듯 즐거운 일 아닌가. 이미 그 분은 시라는 세계에 푹 빠져들어 있었다. 제법 기법을 익히고, 희열을 느끼고 있는 중이었다. 언어를 다루는 솜씨보다도 시를 통해 드러나는 진실을 느낄 수 있었다. '저 연세에 시를 쓰시다니! 특별한 내면세계를 가지셨으리라'고 나는 확신하였다.

사실 시는 문단에 데뷔한 꾼들(시 전문가)만이 쓰는 것이 아니다. 누구나 자신의 인생과 세계의 원초에 눈을 돌리고, 거기로 다가서는 진솔한 마음으로 그에 걸 맞는 시어를 통해 그것을 발견하면 된다. 이 점에서 누구나 시인이 될 수 있다. 그리고 시를 쓰는 순간 누구나 주인공이 될 수 있다. 자신의 본래면목 즉 부처를 만날 수 있다. 시를 쓰는 일은 어쩌면 부처를 만나는 길이다.

그래서 나는 이런 저런 이야기를 나누면서 앞으로도 "희망을 잃지 마시고 '쭈 – 욱!' 시 쓰기를 밀고 나가기 바랍니다."라고 격려하였다. 준비해온 시 원고를 건네받아 나는 남행하는 열차에 앉아 그분의 본래면목을 태워서 간추린 문자사리(文字舍利) 매만지기 시작하였다.

2. '시(詩)'의 '집'으로 '가다'

김양선 보살을 나는 이제 '김양선 시인'이라 부르고자 한다.

시를 쓰면 누구나 시인이기 때문이다. 서점에 가면 간혹 느끼는 것이지만 부처님 진신사리를 모신 탑을 따라 돌며 경배를 하는 탑돌이를 보는 듯하다. 한 인생의 말씀은 책 속에 들어있다. 책은 말씀의 무덤이고 관이다. 거기에 그 누군가의 진신사리가 들어있다. 그 주변을 맴돌며 한 자 한 자를 '읽어나가는 – 그 너머를 생각하는' 사람들은 마치 탑돌이를 하는 것과 같다. 글을 쓰고 글을 읽는 일은 결국 자신의 본래면목 즉 부처를 만나는 일이니 모두 탑돌이를 하는 것 아닌가. 자신의 진정한 세계로 찾아나서는 일은 여러 가지가 있겠으나 김양선 시인은 시로써 그 길을 헤쳐 가고자 한다.

시인이 시집의 이름을 〈시집가다〉로 정하였다. 나는 그렇게 정한 특별한 사연을 알고 싶어 먼저 시집의 〈머리글〉을 읽어보았다.

> 사람이 자신을 표현하는 방법은 목소리로, 몸짓으로, 손으로,
> 악기를 통해 또는 저장된 뇌의 기억으로....
>
> 시란 암송한 것이 전부인줄 안 유년시절...
> 이제사 되돌아보니 질주하듯 삶의 바퀴가 세월이란 자국을 남겨버렸는데
> 그 속에 아무 흔적도 없음이 아쉬웠다.
>
> 그래!
> 순간순간 멈추는 모든 것에 대한 소중함을
> 서투르고 모자라지만 나의 눈높이만큼 낱말로 묶어보자
> 깨끗한 향기만 있다면...
>
> 인간은 혼자 필 수 없는 일년초인 듯
> 토양을 주는 분, 물을 적당히 주시는 분, 비바람을 막아주시는 분, 씨앗이 뿌리내리기까지 힘주신 분들께 지면으로 감사인사 드리며
> 불교에 기쁜 마음으로 다가갈 수 있게 한 재천스님과 그의 도반 그리고 자암스님 지성스님, 꽃보다 아름다우신 정신에 연꽃 한 송이 올립니다.

버선발로 까지발하며 첫발디딘 초심이 더 공부하고 성숙해지면 다른 모습으로 만나지기를 희망하며.

- 〈머리글〉 전문

시인의 말 가운데 '버선발로 까지발하며 첫발디딘 초심'이란 구절을 읽고 나는 금방 알아차렸다. '아, 이것이구나!'하고. 시집의 제목을 정한 내막이 바로 이것임을 직감하였다.

시인이 시집 제목을 '시집가다'로 정한 것은 특별한 의미를 갖는다. 시집가다를 나는 '시(詩)'의 '집'으로 '가다'라고 읽고 싶었다.

시란 무엇인가. 우선 때 '시(時)'자를 보자. '日(일)' 자와 '寺(사/시)' 자가 결합 된 것이다. '日'은 '해=태양' 즉 '시간'을 의미한다. '寺'는 절간(사찰)이 아니다. ①'손'(手→寸) + ②'꽉 붙들다=포착하다'(止→土)이다. '시(時)'는 흘러가는 시간(=때)을 손으로 붙든다는 뜻이다. 영어로 'just now'(바로 지금)거나 '타이밍'을 포착한다는 것이다. 여기서 '일(日)'의 자리에 언(言)을 바꾸면 '시(詩)'자가 된다. '언(言)'은 우리 마음에서 생겨나는 '첫 언어', 첫 순간의 '말'이다. 그것을 '손'으로 '꽉 붙들어' 글로 써내는 것(wording)이 시(詩)이다.

시인의 사명이 순간의 언어를 포착하는 것이다. 흘러가는 시간 - 기회 - 타이밍을, 허탕치지 말고, 잘 붙드는 일이 '시(時)'이듯이, 우리 마음에서 생겨나는 '첫 언어', 첫 순간의 '말'을 일상의 낯익은 논리 속으로 들어가기 전에 얼른 붙드는 일, 그것이 시인의 소명이다. 그렇게 일상 속에서 죽어버리는 언어를 뺨을 때리고 흔들어 깨워서 살아서 팔딱팔딱 뛰는 언어로 바꾸는 일이 시인의 사명이다. 이 점에서 언어를 지키는 수호자, 언어지기이다. 그 언어는 자신의 영혼이고 세계이며,

본래면목이기도 하다.

김양선은 여성으로서 처음 낯선 남성을 만나 평생을 기약하고 인생을 꾸려가는 그 '시집가는' 초심처럼 시를 시작하였다. 그것을 다듬어서 시를 한권의 책을 묶은 것이었다. '이제사 되돌아보니 질주하듯 삶의 바퀴가 세월이란 자국을 남겨버렸는데/그 속에 아무 흔적도 없음이 아쉬웠다.'고 고백하듯이, 흘러간 세월의 '허망함'을 언어로 초극해 가려는 초심을 존중하고 싶다. 시인이 '순간순간 멈추는 모든 것에 대한 소중함'으로 돌아갈 수 있으니, '꽃보다 아름다우신 정신에 연꽃 한 송이 올립니다.'라고 이제 담담하게, 평온하게 회향할 수 있다. 자비심으로 타자에게 눈돌리고 감사할 수 있는 것이다. 이런 평정과 평온은 초심의 확인에서 가능하였다. 실제 〈시집가다〉라는 시를 읽어보면 〈머리글〉의 다짐을 더 자세하게 만날 수 있다.

비워진 마음 하나로
아름답고 예쁘게 시집갑니다.
새로운 가계부에
포도 송이같은
설계도를 적어보려고
지난날의 회환과 찌든 모습은
시작의 밭에 거름으로 주었고
희망이라는 단비도 내려준다면
시집가는 날 웃고 싶어요.

우주가 지구를 품었고.
지구는 자연과 인간을 품었다

나는 엄마의 씨 밭에서
날개 없는 꿈을 품었다
이제사 바래진 조각 천으로 색동저고리 만들고
낱말로 매듭역어 고름하고
버선발로 시집 문턱을 넘고 갑니다.
희망의 단비가 옷깃을 적셔도
시집가는 날 웃고 싶어요.

－〈시집가다〉 전문

이 시를 읽으면 마음이 짜안하다. '눈물 반 웃음 반'인 시인의 얼굴이 떠오른다. 초심은 늘 새색시가 되는 일이다. '비워진 마음 하나로/아름답고 예쁘게 시집갑니다'라는 것은 구체적으로 '새로운 가계부에/포도 송이 같은/설계도를 적어보려'는 야무진 꿈이다. 그래서 '지난날의 회환과 찌든 모습은/시작의 밭에 거름으로 주었고/희망이라는 단비도 내려준다면/시집가는 날 웃고 싶어요.'라고 고백한다. 얼마나 기쁘고 희망찬 일인가.

3. 생애의 귀환(歸還)으로서의 시

따지고 보면 삶은 아픔이고 상처이다. 나라는 아픔과 상처는 세상의 아픔과 상처를 만든다. 그렇다면 나라는 물집이 세상의 물집이고, 나라는 풍파가 세상의 풍파이다. 내가 나를 긁어서 내는 마음의 부스럼, 그 짓무름을 다스릴 때, 세상의 온갖 아픔과 상처도 다스릴 수 있다. 그것이 희망 아닌가. 설령 절망에 이르더라도 희망을 품을 때는 환

희를 경험한다. 그래서 시인은 말한다. '이제사 바래진 조각 천으로 색동저고리 만들고/낱말로 매듭엮어 고름하고/버선발로 시집 문턱을 넘고' 웃으며 간다고!

나는 김양선이란 한 인간의 시를 통해 그 생애가 가졌던 가장 곤혹스런 순간을 살필 수 있으리라 생각하였다. 그 곤혹스런 순간은 언어로 응결되었으니, 그 언어는 바로 시인의 번뇌와 미망과 상처와 아픔이 머문 '집'이리라. 시인은 그 '집'에서 몸을 누이고 발을 뻗고 눈을 뜨고 창문을 열고 하늘을 보며 길을 나선다. 다시 날이 저물면 그 집으로 돌아온다. 생애의 귀환은 오직 언어 속에서 이루어진다. 하여, 김양선이라는 한 생애의 귀환(歸還)을 시를 통해서 바라볼 수 있다.

시인의 고향은 시이다. 그 사람만이 갖는 언어이다. 언어는 바로 그 사람이 바라보는 세계이다. 그 세계는 풍경이고, 정서이고, 순정이고, 설레임이고, 따스함이고 위안이다. 마치 시인 휄덜린의 그의 시 '고향(Die Heimat)'에서 읊었듯이 말이다. 「사공은 먼 곳 섬에서 수확의 즐거움을 안고/잔잔한 강가로 귀향하는데,/나도 정말 고향 찾아가고 싶구나./하지만 내 수확은 고뇌 말고 또 무엇이 있는가?//나를 키워준 그대들, 사랑스러운 강변들이여!/그대들이 사랑의 괴로움을 달래 주려나? 아! 그대들,/내 어린 시절의 숲들이여, 내 돌아가면/그 옛날의 평온을 다시 내게 주려나.」 이렇듯 시에는 한 인간이 삶의 진정한 고향을 찾듯, 어머니가 계신 친정을 찾듯, 백익무해(百益無害)한 치유력이 들어있다.

왜 고향이 필요한가. 모성의 치유력이 있기 때문이다. 파란만장, 상처투성이의 마음을 고향은 무조건 껴안아주기 때문이다. 초심은 내 생애의 고향이다. 고향을 그리워하는 것은 우리들의 마음이 너무 변덕스럽기에 갈피를 못 잡기 때문이다. 더구나 사랑하면 그리움이 생기고, 원한과 증오심도 생긴다. 한 마음이 여럿이 된다. 물론 바로 그 번뇌와 미망에서 깨달음도 시작되는 법이다.

사람을 떠나보냈으면 그리워하지 말아야 하는데, 보냈으면 그만인데, 그게 맘대로 되지 않는다. '삐지기도/토라지기도/돌아눕기도' 하는 것이 사랑이다. 결국 사랑도 떠난다. 그럴 때 시인이 말하듯 '처음 다짐한 나만의 약속'으로 돌아가 '설렘의 감동' 그 따스함으로 견뎌 가야만 한다.

사랑은 가끔
삐지기도
토라지기도
돌아눕기도...
그때 나는
깊숙이 접어 고이 간직한
첫 마음 끄집어냅니다.
보석함보다 더 소중한 광채 나지 않지만
처음 다짐한 나만의 약속입니다.
크지도 않으나
설렘의 감동이 아직도 따뜻합니다.
나는 영원히 사랑할 것입니다.
내 사랑의 시작이며 끝 사랑입니다.
숨겨둡니다.
가끔 빛바랠 때
끄집어 낼 때

더 깊이 성숙한
누구의 것도
오로지 나만의 보석함

-〈약속〉 전문

인간의 감정은 복잡하다. 실타래처럼 얽히고설키고. 젠장, 알다가도 모를 일. 펄펄 끓어 넘치는가 싶더니 어느새 싸-아, 식어버리고 만다. 늘 곁에 있어줬으면 하고 보채다가도 쉬이 사랑의 마음은 떠나버리는 법이다.

인간의 내면, 그곳은 겉으론 조용하나 자세히 들여다보면 난장판 아닌가. 이래나 저래나 끊임없이 '하고 싶음'(=欲)이 고개를 쳐들고, 다시 사그러들곤 한다. 이런 복잡한 감정이 바로 칠정(七情)이다. 사랑의 그리움, 아픔은 천번 만번, 처얼썩 처얼썩, 홀로 높고 외롭고 쓸쓸히 파도치는 법이다. 그럴 때 시인은 '깊숙이 접어 고이 간직한/첫 마음 끄집어냅니다'라고 강인한 초심으로 돌아가고자 한다. 여기서 '기다림'의 지혜를 생각한다. 하지만 기다림에는 고통이 수반한다.

그대가 뒷등 돌린 체
굽은 골목길
어깨자락
마지막 본 후
나는 기다림의 지지한 시간과 끙끙거린다.

나의 인내심은 바닥나고
쓸쓸

짜증의 발심이 움틀거리네

-〈기다림〉 일부

희로애락은, 그 끝난 지점에서 다시 시작하는 법이다. 우리는 늘 애정이 꽃피던 시절 - 지나간 시간을 그리워한다. 사랑은 무언가를 감추면서 다시 벗기고, 다시 벗기면서 감추어버린다. 그 아슬아슬한 사이에 칠정이 뛰놀고 있다. 그것은 기억과 희망 사이에 쌓는 모래성과 같다. 우리는 그 성 위에 서서, 등대처럼, 또 다시 무엇이 올 것처럼 기다린다.

그런 기대와 욕망은 육신을 상처 입힌다. 궁극적으로 입은 상처는 '태어났다'는 사실이다. '무생(無生)'이면 무사(無死)이고 무멸(無滅) 아니었을까. 우리에게 남는 것은 결국 삶이란 '상처'이다.

나 태어날 때 엄마의 양수 보자기 쓰고 나왔네.
내 몸 가리개로 탄생 때 감싸주던...
그 이후 내 몸은
끝없는 욕망의 보로서 혹사당했었지
내 눈으로 볼 수 있는 건
내 몸 반쪽뿐인데...
발바닥조차 겨우 보는 내 육신에
빼앗긴 시간은 얼마인가?
남은 건 긁힌 상처뿐....

-〈보시〉 일부

상처일수록 상처를 지워가는 힘이 필요한데 그것이 바로 사랑이다. 사랑은 희망을 잃지 않는 연습이지만 그만큼 아픔이 수반한다. 눈이 머물고, 귀가 기우는 곳까지 다 껴안고 싶은 마음이 바로 사랑이 자라고 크고 활동하는 고향이다. 그곳에 집을 짓고 뿌리를 내리고 있는 것이다. 살아있는 한 사라지거나 잃어버릴 수 없는 것이다. 시인은 이것을 잘 안다. 그래서 시인은 '기다림'과 '용서'를 택한다. 용서는 받아들임이고 관용이다. 있는 대로 놓아줌이고 풀어줌이다.

무게도 없는 것이
형태도 없는 것이
무거운 척 산더미 같은 척
내려놓기가 그리 힘듭니까?
끄집어내기조차 한 것입니까?
그 하찮은 것은
오기심과 아집이 낳은 부산물입니다.

-〈용서〉 일부

시는 나의 마음의 파도를 그려낸 또 하나의 세계이다. 시인이 바깥을 만나서 만들어가는 그림이고 풍경이다. 그러나 내가 만난 바깥의 인연이 없으면 아무 것도 없다.

그래서 각오가 필요하다. 인연은 상처일수도 영광일 수도 있다. 인연은 늘 시작이지만 다시 끝이고, 끝이지만 다시 시작이다. 무시무종으로 연결되고 의존되어 있다. 독립적 실체란 가상이고 착시이고 착각일 뿐이다. 그것을 응시하는 한 지혜를 얻고 미망을 벗어나 평온을 얻는다. 거기에 눈 감게 되면 무명(無明)의 바람결에 흔들려 이리 뒤척 저리 뒤척 고통을 겪어야만 한다. 파란만장, 풍파의 현실에 끄달리며 한 순간도 우리에겐 평온이 없다. 찰라생찰라멸 - 생멸을 거듭한다. 무생과 무멸의 길이 있으면 좋겠으나, 현실은 그렇지 않다. 번뇌와 미망 속에서 부침한다.

씨앗도 없고
피고 짐도 없이
바다 위를 떠도는 물보라 같이
피었다 떠나가네.
바람 따라 구르다
흩어지니

-〈구름〉 일부

그러나 따지고 보면 상처의 자리, 번뇌와 미망의 자리가 바로 깨달음의 자리이난가. 그 자리에서 우리는 '전환점'을 찾아야 한다. 거기서 일어서고, 거기서 눈뜰 수밖에 없다.

상처로 찢긴 가슴 날갯죽지마저도
되돌아갈 수 없는 낭떠러지 끝
그대 빨리 일어서세요.
당신의 그 끝은
고통의 종지부를 찍고
새로운 시작의 전환점입니다.

-〈또 하나의 인연〉 일부

시인은 정확히 바라보고 있다. 태양이 석양 속에 자신의 마지막을 불태우듯이, 그 붉은 절규로 우리에게 '지금 이 순간'을 챙기라고 알리고 있음을. 그래서 고백한다. '태양이 고별인사를 할 때/왜 붉게 뿜을까?/.../이 순간의 소중함을 모르고/스쳐버리는/우리들에게 절규하듯//깨우쳐주고 싶은데'(-〈지금〉 일부)라고.

4. '돌부처'를 만나러 가는 여정

시인의 마음은 평범하고, 따뜻하다. 그가 긴 마음의 여행을 시로 떠난 것은 깨달음을 위한 마음의 출가이다. 출가는 가출이 아니다. 무작정 집 떠남이 아니라 '자신을 찾아 떠나는' 이념적 여정이다.

지금 나
떠나지 않으면
후회할 것 같아
배낭에 주섬주섬 옷가지 챙겨
집 떠나니
높고 맑은 하늘 모두가 신비롭네
흰 구름 서산으로 사라지니
새들도 어지럽게 날아 멀리멀리 가버리고
겨울 가지에 걸린 달은
해지기 전에 벌서 걸렸네.

-〈긴 여행〉 전문

길을 가다보면 '벌써' 석굴암이고 보리암이다. 벌써라기 보다는 '이미'일 것이다.

가을은
여기까지 왔네
굽은 길 가팔라도
담 벽에 매달려 안간힘 쓰는 손바닥
가을은 손가락 가락마다 색을 주었네
가을색이 어찌 맑은지
한 잎마다 어찌 다른지
세어보느라, 무슨 색인지 중얼거리다
벌써 석굴암

-〈석굴암〉 전문

올라갈 때 운무 보고
내려 갈 때 초승달이라
바닷가 밤은 왜 그리 새까만지
초승달 길 밝혀도 가슴 콩닥
보리암 운무 자락이 내 허리 감더니
걷지도 않았는데
어느새 버스 정류장
낮에 바닷가 꿈쩍 않더니
산행길 잡이 되어 또 찾아오라하네

-〈보리암〉 일부

누군가 '진리는 새롭지 않고, 오류만이 새롭다'고 했듯, 우리는 평범과 일상 속에 들어 있는 새로운 지평 즉 오류를 붙드는 기법을 익혀야 한다. 끝내 닿고 보면 바로 내가 발 딛고 있는 이곳이 정토(淨土)이고 극락 이다. 걸어도 걸어도 그 자리, 가도 가도 떠난 자리'(行行到處, 至至發處)이다. 삶은 원환, 뫼비우스의 띠 같은 존재임을 알게 된다. '무'(=0, 空) 그 한 글자 속에서 시인은 빙빙 맴돌고 있다. 시인이 '찾으려니 없었다./가지려니 없었다./얻으려니 없었다./보려니 없었다.'고 하는 고백은 세계의 진실을 말하는 것이다. 어쩌랴. 모두 인연화합물이기에 실체가 없다. 무아이다. 그러나 세속에는 가상적으로 모든 것이 눈앞에 드러나 있지 않은가. 그러니 그것은 가짜이면서 진짜이고, 진짜이면서 가짜이다.

> 찾으려니 없었다.
> 가지려니 없었다.
> 얻으려니 없었다.
> 보려니 없었다.
>
> 그러나 찾는 것도 있었었고
> 가지려는 것도 가졌었고
> 보려는 것도 본적 있었다.
> 아님도 있었음이었고
> 있음도 아니었으니
> 있고 없고는 다르지 않는 듯!

세상 만물은 인연으로 잠시 화합하였다가
시간이 지남에 흩어져 버리리니
생성과 소멸은 처음부터 없었고
영원하지 않더라.
본시 없음에서 시작하지 않았던가?

-〈무〉 전문

보르헤스는 '달 혹은 달이란 말은 많으면서 하나인, 우리의 존재'라고 말한 바 있다. 그렇다. 우리는 늘 무언가를 찾아 나선다. 그러나 그토록 고달프게 찾아 헤맨 것이 결국 나 자신, 나의 본래면목임을 안다. 수많은 과정을 겪으며 수많은 달을 만나지만, 결국 저 하늘에 떠 있는 하나의 달에 마주한다. 바로 내가 찾는 것이 '나'임을 안다. 그것을 저 수많은 바깥을 통해 어렵게 확인해낸 나였다.

바로 내가 서 있는 이 자리, 나의 내면에 달은 떠 있다. 달은 나이고, 나는 달이다. 아니 나는 부처이고 부처는 나이다. 흐드러지게 밟고 디딘 돌들이 모두 부처였고, 숨 쉬는 말하는 내가 바로 부처임을 비로소 알게 된다. 수많은 돌들이 부처로 눈 뜨는 그 빛나고 아름다운 세계를 김양선 시인은 찾아내고 말았다. 이제 시인은 금동불상이 아닌 돌부처의 환한 미소와 하나 되는 길에 서고자 한다.

님의 미소는
돌아져 누워 있는 어둠속에서도 피어오릅니다.
돋아나는 그 자태
야생화 같아

어찌 그리 고결한지요.
눈이 부셔 차마 볼 수 없구려!
도대체 어디에서 나를 쳐다보고 계신지요.
눈이 부셔 너무 눈이 부셔
그것보다 내가 사는 이유는
당신의 그 이름 때문입니다.

-〈돌부처〉 전문

시를 쓴다는 것은 수행자가 되는 일이다. 일상에 만족하지 못하고 다시 그 너머로, 그 너머로 걸어든다. 피안에 이르고 싶은(到彼岸) 것이다. 이처럼 길을 잃고 방황하는 우리는 마치 트로이 전쟁을 승리로 이끌고도 자신의 그리운 고향으로 돌아가지 못하고 긴 유랑을 거듭한 오디세우스처럼 길 위에서 번민한다. 그럴수록 시인은 사유는 번득이고 살아있다. 그럴 때 시심과 시어가 살아난다. 언어가 수사에만 떨어지지 않는다.

김양선 시인의 미덕은 삶이 살아있고 그 삶이 언어적 수식을 아낀다. 이처럼 아끼고 아껴둔 시어를 더 고르고 다듬게 되면 시의 수미산 그 정상까지 오르는 일도 어렵지 않을 것이다. 간절하면 돌도 부처가 된다. 이름 없는 새소리, 물소리가 어마어마한 우주임에 눈 뜨면 된다. 허접한, 평범한 일상세계의 언어들을 깨달음의 늘 시로 일깨워 주기를 바란다.(*)

삶의 고독과 그 극복

- 김종윤의 시집 『되감기는 고요처럼』을 읽고 -

1

그것은
허전한 銀錢
그 나름의 고독

홀로 서성이다
西域쯤 가는 바람

한자락
이승의 꿈을
꽃씨처럼 물고가는…….

위의 시는 우연히 접하게 된 金種潤 시인의 시집 『되감기는 고요처럼』(1991, 흐름사)에 실린 「낮달」(37쪽)이란 시의 全文이다. 그가 일부러 택한 시집의 제목은 한마디로 '고요'라는 말로 요약해도 좋을 것 같다. '고요'는 위의 시 속의 '그 나름의 고독'과 일맥상통하며 '홀로 서성이고' 있는, 이 세상을 살아가는 인간의 모습을 상징적으로 표현해 내고 있다.

인간은 만물 속의 하나로 존재하다가 주어진 시간이 지나면 여기(이승)를 떠난다. 여기는 모든 존재자들의 존재장소이다. 살아 있는 것들이 부단히 모이고 흩어지는 이른바 생성소멸의 장(場)이다.

시간이 가고 계절이 바뀌며 해가 지고 달이 뜨듯 만물은 생성소멸하며 부단히 변화하는 현실 속에 처해 있다. 어쨌든 삶에 있어서 변화한다는 것 그자체는 하나의 속일 수 없는 진리(道)이다. 그럼에도 불구하고 인간은 '나'라고 하는 실체도 없는 것을 집착, 고집하다가 마치 밤이라는 제 본연의 존재장소를 잃어 버린 '낮달'과 같이 「한자락/이승의 꿈을//꽃씨처럼 물고 가'고 싶어 하는' 말하자면 愛欲과 欲望을 지닌 존재이다. 이것은 부정할 수 없는 삶의 현실이자 그 본연의 모습이라고 해야할 것이다. 이와 같은 삶에의 애착, 집착은 인간이 원래부터가지고 있는 그 내적자연으로서 오래토록 '한낱…… 길들여진'(51쪽) 것이며 인간이라는 物理的 地平에서 흐르는 '내면의 강'(72쪽)으로 이해하는 편이 옳을 것이다.

김종윤 시인은 시를 통해서 이러한 점들, 즉 인간의 내면을 진솔하게 그것을 서정적으로 형상화시킴으로써 읽는 이로 하여금 깊은 감동을 안겨다 준다.

한마디로 말해서 김종윤 시인의 스스로 고뇌하는 삶이 이끌어낸

'다만 지순한 것은 自然'(「독자들을 위한 말」 중에서. 방점 인용자)이라고 하는 지극히 단순하면서도 중요한 자각에서 비롯되고 있다. 동양적 사상의 전통에서는 自然 즉 '저절로 그러한 것'은 본래 그러한 것(本然), 반드시 그러한 것(必然)과 연속적으로 인식되어왔다. 그러므로 자연이라는 것은 피할 수 없는 것으로 생각되었다. 인간에게 있어서 살려고 하는 마음 즉 생명은 인간인 이상 본래부터 가지고 있는 하나의 힘(의지)이다. 그러므로 인간의 잘 살려는 집착은 극히 자연스런 일에 속하며 전통사회의 사람이나 현대인을 막론하고 모두 '온전한 삶'(앞과 같은 곳)을 위하여 노력하고 '고뇌'(43쪽)하는 것은 인간적 삶의 진실이라고 해야 옳을 것이다. 그러나 온전한 삶이나 잘 사는 삶은 모든 인간의 소망이지만 결코 쉬운 일이 아니다. 그러므로 자연히 많은 고뇌가 뒤따른다. 여기서 김종윤 시인의 말처럼 '또 무엇을 고민하며 살아야 하는가? 종당 모를 일이다'(「독자들을 위한 말」중에서) 라는 솔직한 고백이 있게 된다. 어쩌면 이러한 삶의 현실은 일부러 드러내기엔 좀 부끄러운 우리 '스스로 한겹을 가린 世情'(64쪽. 방점 인용자)에 불과하다고 할 것이다.

2

우리의 일상적 삶은 김종윤 시인이

꾸역꾸역 떠밀리며
배때기도 보여주며

가고 싶어라 !
이 헛발질
거품도 게워내며

칼 끝에 잘릴 때까지
살이 빠져 나올 때까지

숲을 가로 질러
급히 이끌러 온 바다

참으로 이상해라
두근대던 우리의 꿈

끝끝내
토막이 난 채
먼 都會서 끓고 있다

-「어린 게의 꿈」(14쪽) 전문

라고 하는 데서 잘 드러나 있듯이 삶은 뒤집히고 전복되는 이른바 좌절과 허탈감 심지어는 끝끝내 꿈이 깨어지는 것으로 인해 無常感을 동반하기 까지 한다. '떠밀(림)' '배때기' '거품' '헛발질' '잘(림)' '토막'은 이러한 정황을 적절하게 형상화하고 있다. 그런데 문제는 더욱 더 인간을 고독하게끔하는 '끝끝내 / 토막이 난 채'로 내버려 두는 비정한 현실이다. 사람과 사람의 사이(間)에 하나의 깊은 골이 생기고 아무런 架橋도 없는 상태가 그것이다. 어디까지나 '나는 나고 너는 너'이기 때문이다. 이렇게 하여 끝내 소통도 없이 남과 단절되어 버린 삶은 마치 '매만질/손끝도 없'(32쪽)는 문둥이나 혹은 그럼으로써 비정상적인 것으로 소외되고 또한 그들만이 모여사는 섬, 즉 「소록도」(28쪽)로나 아니면 많은 장식을 벗어버린 '가을 나무'(18쪽)같은 상징물로서 묘사되기도 한다.

그런데 '고독'(37쪽)은 우리의 삶이 바로 '허공'(59쪽외), '빈 술잔'(68쪽), '빈방'(53쪽)에 불과하다는 존재의 본연한 모습(實相)을 깨닫지 못한 데서 연유한다. 만일 우리가 '스스로 비우고 있는 저 가을나무 같은 (것)'(18쪽)임을 깨닫게 되면 나 뿐만아니라 모든 사물은 '비워도 좋을 자리'(39쪽)로 바뀌게 될 것이다. 이렇게 되면 삶은 '허전한 …/가지 끝'(20쪽)이나 '먼 들녘'(24쪽)정도의 의미없고 주변적이며 소외된 것으로 인식되지 않을 것이다. 따라서 '둘레'(27쪽)/'변두리'·'뒤뜰'(62쪽)/'뒤안길'(12쪽)/'한 구석'(21쪽)/'닫힌 뒤울 안'(45쪽)/'밑바닥'(35쪽)에서 '다만 세상 등져/외따로만 사는 남녘'(28쪽)을 '홀로 서성이'(37쪽)는 존재가 아니다. 그러나, 그렇다 해도 어쨌든 삶은 유한하기에 고뇌하는 일도 결국 끝이 난다. 그래서

목숨이
질기다 해도
쑥대 같애 바람 같애.

-「어떤 봄」(68쪽)

라고 밖에 말할 수 밖에 없다. 다시 말하면

잃는 건 가슴 속 불씨
눈 먼 세월 시름이더니
한 세상 서성이던
쑥부쟁이 매운 연기
이 저승
넘나들다가
둥지 틀고 앉는가

-「불꽃」(103쪽)

와 같이 불꽃같은 '번뇌'(112쪽)나 '고뇌'(43쪽), 혹은 '욕망이/무성한…'(49쪽) 인간은 마치 쑥대나 바람, 연기와도 같은 삶을 부지할려고 '허공'(50쪽)인 이승에다 둥지를 틀고 '거미'(앞과같은 곳)가 되어 삶의 '거미줄'(83쪽)을 친다.

3

인간 세계의 많은 '因緣'(22쪽 외) · '因緣의 業들'(108쪽)로 인해 존재하는 우리는 이러한 인연을 모두 끊어 버림으로써 모든 인간적 세속적 번뇌로 부터 벗어나서 자유로와질 수가 있다. 그러나 한편으로 그것은 같은 인간과 더불어 함께 사는 삶을 외면한 '다만 세상 등져 외따로만 사는 남녘'(旣出)과 같은 운명에 빠질 수도 있다.

어디까지나 인간은 돌이 '돌짝밭에 돌로 앉'(59쪽)아 있는 것처럼 '世情'을 나누며 살아가는 어쩔래야 어쩔 수 없는 인간들의 일상적인

'긴 행열'을 제삼자의 입장에서 냉정하게 물끄러미 바라다 '보는' 그런 입장이 아닌, 엄연히 '나 또한 (남과 더불어) 그 속에 끼어 가고 있을 뿐이'(강조는 인용자)라는 – 나의 삶이 남의 삶과 연대속에서 이루어지고 더욱이 나도 너도 다같이 삶의 공동주체라는데 대한 – 자각이 있을 때 개인적인 삶의 고독이 마침내 '누구의 탓도 아닌' 제 자신이 만들어낸 의식 내지 관념에 지나지 않음을 알게 된다. 김종윤 시인은 이점을 솔직히 시인하고 있는 것이다.

살아 한 때는 절로 물빛 어려오듯
곰곰히 생각타도 히죽히 우습든 것
그 왼갓 술령여 오는 긴 행열을 보겠네.

누구의 탓도 아닌 궂은 날 바람소리
흡사 제 그림자처럼 더러는 애꿎던 것
나 또한 그 속에 끼어 가고 있을 뿐이네.

–「살아 한때는」(81쪽)전문

'행열' 혹은 '열'(82쪽)이 의미하는 것, 즉 삶의 공동체 혹은 연대성의 자각은 인간 개개인의 고독을 더 이상 고독이게끔 하지않고 '돌짝밭에 돌로 앉(아)' 있는 것과 같이 더불어 사는 삶 속에서 하나의 새로운 자각된 삶의 기틀을 마련하는 것으로서 말하자면 '움'(43쪽외) · '속 눈' 내지 '새순'(35쪽외)으로 또는 '꿈'(37쪽) '燈'(43쪽외) '창'(86쪽외)이나 '씨앗'(44쪽) · '꽃씨'(37쪽) · '풀씨'(46쪽)로 될 것이다.

4

어쩌면 '森羅'(64쪽) · '萬象'(52쪽외)은 사랑과 미움 즉 '愛憎'(74쪽)의 논리에 의해 한편으로는 '토막이 나'(15쪽)기도 한다. 또는 타자(他者)의 '유역' · '영토'(98쪽)나 '內界'(41쪽) · '내면'(72쪽)에 '끼'(81쪽)기도 한다. 이렇게 서로가 서로를 미워하기도 하면서 한편으로는 나는 너에게 너는 나에게 서로가 서로를 포함하고 포용하고 이해하는 관계에 놓여있는 것이 현실적인 인간 삶의 모습이라고 할 것이다. 그것은 '저절로 그러한'(自然)이치일 뿐이다. 우리가 주어진 삶의 길(命)을 잘 알게 되면 고독도 삶의 일부로서 자연한 것이며 '누구의 탓도 아닌'(旣出) 것이 될 것이다. 김종윤 시인의 말대로 애당초 인간은 '한낱 죄로 길들여진 / 육신…'을 가져버렸고 '깊이를 잴 수 없'는 육신의 '늪'에 골똘히 '그 나름의 고독'(37쪽)을 껴안고 있는 까닭에서이다. 즉

어둠 깊숙히 도사린
불빛 혼령을 보아라
한낱 죄로 길들여진
육신의 흐느낌처럼
어늬 뉘
골똘한 늪인 양
그 깊이를 잴 수 없다.

떨리는 별 빛 오라기

소롯이 걷히는 밤
세상 모두 풀려도
되감기는 고요처럼
목숨이
幻影에 걸려
未明마저 가쁜데….

-「되감기는 고요처럼」(51쪽) 전문

그러므로 김종윤 시인은 '이제/모든 것/가슴에서 지우려므나/창 열면/또 하나의 창/거기쯤 하늘도 있고/밤 되어/모여 앉으면/銀河로도 흐르겠다.'(86 - 87쪽)고 새롭게 앞을 바라보며 살려고 한다. '창 열면/또 하나의' 밝은 창이 있고 '거기쯤 하늘도 있'기 때문이며 더욱이 비록 '밤'이 되어도 더불어 사는 이들과 '모여 앉으면' 어둠의 길잡이가 되는 '銀河'를 바라보는 여유가 생겨나기 때문이다.

'매만질/흙 한줌 없'던 절박한 심정이 '그래도 푸른 것'(86쪽)으로 바뀜으로써 고독은 희망으로 그복 승화되고 있다. 이제 고독은 차라리 '한 세상을 여는 소리'(42쪽, 강조는 인용자)로 스스로의 내면에 남아서 생활 속의 새로운 힘이 되고 있는 것이다.

하루하루 피는 꽃들, 그 '평형'과 '사람다움'
- 장상태의 시세계

1. '잃어버린 시간'의 시들=사화집(詞華集)

시를 쓰는 일은 보이는 것의 보이지 않는 세계, 들리는 것의 들리지 않는 세계로 망명(亡命)해가는 일이다. 일상인으로 살면서 시를 쓴다는 것은, 몸이 아니라 시선과 태도로서 망명하는 일이기에 더 아프고 더 슬프다. 그런데 장상태 시인은 그 슬픔과 아픔을 꽃으로 발견한다. 꽃으로 스토리텔링하며 건너려 한다. 꽃은 그가 건너는 일상의 징금다리이며 서사(내러티브)의 '터무니'거나 '어이'거나 '포석'(布石)이다. 가끔 씩 등장하는 꽃의 언어는 바로 그의 '꽃 같은 말'이거나 '꽃 같은 이야기'이다. 보들레르의 『악의 꽃(La Fleur du Mal)』이 '사화'(詞華)=시(詩)의 모음' 즉 '사화집(詞華集)'이듯, 장상태의 꽃의 언어는 바로 그의 '말=꽃'의 모음집이라 할 수 있다.

나는 장상태의 시를 다 읽어보지 못했다. 마침 『대륜문학』 11집, 13집, 14집에 게재된 작품을 읽게 되어 이 여러 편의 시를 통해서 장상태의 시세계를 가늠해보고자 한다.

시인의 사유는 체계적으로 나타나지 않고 차라리 단편적인, 아포리즘적인 형태로 진실을 드러낸다. 발터 벤야민이 지적했듯이, 한 지식인의 사유가 체계적인 것보다도 아포리즘적인 언설, 단편적인 글이나 그림에 더 절실하게 담겨있을 수 있다. 그 사람은 가고 없으나 시간 속으로 휘익 지나가버린 과거의 진실과 영성은 결국 언어 속에서, 현실적 문제를 어떤 대상을 빗대어 말하려는 '알레고리'로 우두커니 남아있다. 그 알레고리는 그 사람의 삶과 역사의 진실을 말해주는 편린들이다.

발터 벤야민이 말했듯이, 파티가 끝난 뒤에 남은 테이블 위의 모습을 보면 그날의 파티가 어떠했는지를 잘 말해준다고. 시도 마찬가지이다. 이 세상을 떠난 시인은 지금 여기에 없고, 단지 그가 남긴 시 구절만 남아있기에, 그것을 살펴보면 그의 삶이 어떠했는지 잘 알 수가 있다는 말이다. 시 속에 우두커니 남아 있는 언어를 통해 그의 삶의 진실을 응시하고 있으면, 그 언어가 나에게 말을 걸어온다. 그때 나는 그것(언어)과 대화를 하며, 얼른 그의 삶과 진실을 읽어내야만 한다. 그렇지 않으면 그것들은 뒤꽁무니를 숨기고 슬쩍 사라져버리고 만다. 프루스트의 소설 『잃어버린 시간』에서 보여준, "나도 글을 저렇게 썼어야 했는데(…) 문장 자체가 이 노란 벽의 작은 자락처럼 진귀해지도록 했어야 했는데." 소설가 베르고뜨가 남은 힘을 다해 네덜란드 황금기의 화가 베르메르의 「델프트 풍경」 앞에서 이 말을 남기고 쓰러져, 숨을 거두는 그 명장면 중의 하나를 생각해보면 좋겠다. 잃어버린 시간이란 죽음의 서사, 퇴락의 내러티브 아닌가. 모든 것이 침묵하고 있는 텅 빈 벌판 같은 것이다.

2. 하루하루, 사랑=투쟁의 흐드러진 꽃잎들

장상태 시인의 하루하루는 그야말로 수많은 투쟁의 장이다. 그것은 시가 고스란히 보여준다. 투쟁은 거대한 전쟁만이 아니다. 작은 태도와 성찰, 연민과 사랑, 사소한 대립과 갈등 등등이 따지고 보면 모두 선택의 고뇌이고 그것을 위한 투쟁 아닌가. 사랑도 작은 전쟁이다. 바꿔 말하면 사랑은 평화적 증오, 아름다운 미움이고, 삶의 드라마 중에서 극히 단편만을 꽃봉오리처럼 콕 찍어서 적극적으로 표현한 것이리라. 이런 대목을 시인은 통찰하고 있다. 그래서 그는 반대로 이야기한다. '사람답게 싸워본 일은 없었'고, '사람답게 웃어본 일은 없었'고, '사람답게 울어본 일은 없었'다고. 그러나 그것은 '오직 어제 없이 편하게 짖었을 뿐', '오직 오늘 없이 편하게 사랑했을 뿐', '오직 내일 없이 편하게 쉴 뿐'이라고 자문자답한다. 이승의 아침때에는 네발(출생 – 유아), 점심때(소년 · 청장년)에는 두발, 저녁때(노년)에는 세발(지팡이 포함)로 시인은 삶을 겸허하게 요약하고 있다. 이것은 '걷는다'→삶, '걷지 못한다'→죽음을 상징한다. 걸음은 생로병사를 곡선이나 직선이라는 하나의 선으로 단순화시켜서 그어 본 것이다.

나 아침때 이승을 나서면서
네 발로 기고 더듬었지만
사람답게 싸워본 일은 없었습니다
오직 어제 없이 편하게 짖었을 뿐

나 점심때 이승을 배우면서

두 발로 걷고 달렸지만
사람답게 웃어본 일은 없었습니다
오직 오늘 없이 편하게 사랑했을 뿐

나 저녁때 이승을 뒤돌아보면서
세 발로 짚고 허둥대지만
사람답게 울어본 일은 없었습니다
오직 내일 없이 편하게 쉴 뿐

-「하루」 전문

그렇다. 일상은 자문자답하며 스스로의 발로 걸어서 건너가는 법이다. 걷지 못하고 주저 앉을 때는 죽음이다. 사람들은 그렇게 스스로가 걷고 있음을 '제3의 시야'로 바라보며, 걸음걸이를 조정하며, 성장해 가는 것이다.

일상이 힘들수록 너털웃음에 맡기고, 우연에 기대고, 엇박자를 사랑하며, 터벅터벅 걷기 시작하며 '삶의 저편'을 더 사랑할 줄 안다. '모래알 같이 씹히는/헤아릴 수 없이 많은 불운과 절망으로/얼룩진 내 박복을 오히려/내 인생의 소화제이자 비타민이라 변명하며/나에게 주어진 그 어떤 밥상도 마다하지 않고/...달게 먹'는 것이다. 그게 인생이라는 것을 시인은 잘 알고 있다.

한세상 살아가면서
가끔은 이런 사랑과 행운을 만나기도 하지만
나는 모래알 같이 씹히는

헤아릴 수 없이 많은 불운과 절망으로
얼룩진 내 박복을 오히려
내 인생의 소화제이자 비타민이라 변명하며
나에게 주어진 그 어떤 밥상도 마다하지 않고
비록 박주 산채일망정 달게 먹었다.

-「멸치 볶음」 일부

이념과 색채가 무장 해제된 식탁에서
온종일 쏟아 붓던 각질의 반목들이
더 이상 잇몸에서 통증으로 머무르지 못 하고
다만 은유와 상징으로 짓뭉개졌다.

-「게이트」 일부

'온종일 쏟아 붓던 각질의 반목들이' '이념과 색채가 무장 해제된 식탁에서' 화해한다. 이렇게 정리하는 순간까지 스스로의 태도와 심정과 감정과 분노를 '미분'하며 삭여서 제로로 만든다. 밥알을 씹고, 소화를 하듯, 삶의 불편, 반목, 갈등과 같은 치열한 순간들을 '달게 먹어야' 한다. 밥상 - 식탁은 만남과 별리의 순간이다. 특히 하루하루의 아침은 불편한 무엇들과 결별='안녕'='굿바이'의 순간이다.

내 아침은 늘상 알람 속에서 터져나와 허겁지겁
(중략)
이윽고 간밤에 잠들지 못한
그 불안의 살점들을 물어뜯던 시퍼런 질투와 편협들은
내 아침이 데려다 준 목적지의 유리문을 열면서 한순간

사라지고 곤혹스러운 감금 속에서 희뿌연한 피를 흘리며
기다리던 수많은 결재와 논박들이 일제히 꿈틀거리는데
덩달아 갈증을 이기지 못한 채 먼지보다 가벼운 질량으로
쓰러져 있던 달갈꼴 좁쌀풀들이 함성을 지르며 일어서고 있다.
나는 조금 겁에 질려 이 모두에게 안녕 안녕 안녕
고개를 숙인 채 창백한 미소를 지으며 엉덩이까지
흘러내린 바지춤을 추긴다.

-「아침마다」 일부

다른 말로 번안하면 장상태 시인의 삶은, 그의 하루하루는 '사랑=투쟁의 흐드러진 꽃잎'일 뿐이다. 애 · 증(愛 · 憎), 회 · 별(會 · 別)의 꽃밭, 그것이 바로 그의 시편들=사화집(詞華集)인 셈이다.

3. 자연=평형=사람다움의 길

삶은 늘 우여곡절 속에 있다. 꾸불꾸불, 울퉁불퉁하다. 평면도 아니고 직선도 아니다. 평면 - 직선은 환상이거나 픽션일 뿐이다. 자연은 우리 인간의 거울이며, 저울이다.

참아다오, 반드시
가을은 오고
그 높푸른 하늘에는
해오라기 떼 날아가고
기러기 떼 돌아 와

-「무화과」 일부

모든 것은 오고 가는 것이다. 왕래하는 것이다. 왕래는 음양(陰陽)이고 도(道)이다. 속일 수 없는 사실이고, 진실이다. 그 패턴 – 원리 속에서 우리는 달아나지 못한다. 그것은 길이고 진리이고 생명이다.

자신이 정녕 못나 보이면
산으로 가라.
거기 한 봉우리에 올라
"나는 나를 사랑한다!"
목청껏 외쳐 보라.
곧바로 되돌아오는 소리
"나는 나를 사랑한다!"

누군가 몹시 미워진다면
산으로 가라
거기 한 봉우리에 올라
"나는 네가 싫다!"
목청껏 외쳐 보라.
곧바로 되돌아오는 소리
"나는 네가 싫다!"

–「메아리」 전문

"나는 나를 사랑한다!"하면 곧바로 "나는 나를 사랑한다!"고 되돌아오고, "나는 네가 싫다!"하면 곧바로 "나는 네가 싫다!"고 되돌아오는 것이 '메아리'이듯, 물리적 세계(Sein)의 진실은 '부증불감'(不增不減) 즉 '여여(如如)=진여(眞如)=진실(眞實)'의 세계이다. 있는 그대로의 세계=스스로/저절로 그러한 = 자연(自然)이다.

이곳에는 '나(我, 我相. atman)'이 없는, 무아(無我, Anatman)의 세계이다. 어쩌면 이 자각은 자연의 순환 속에서 인간이 가질 수 있는 실존적 퇴로이고, 삑사리이리라. 깨달음 - 깨침이다. 이것을 통해서 그 순환고리를 벗어날 수 있다.

그림자 하나가 가까이 와서 나를 찾는다.
나는 저녁밥을 먹다가 깜짝 놀라
들고 있던 놋수저를 떨어뜨린다.
그때, 단풍잎으로 갈아입은 노을이
떨고 있는 내 손등으로 기어오른다.
나는 내가 없다고 했다.
저기 앞뜰에 헤벌어지게 서 있는
이팝나무를 봐라.
삼사월에 벌써 흰 꽃을 밀어냈던 나무는
아직도 가지가 늠름한데
아직도 내 팔다리는 힘줄이 곧추섰는데

나는 다시 내가 없다고 했다.
저기 뒤뜰에 동그마니 서 있는
비쭈기나무를 봐라
오뉴월에 이미 흰 꽃을 쏟아냈던 나무는
아직도 이파리가 싱그러운데
아직도 내 얼굴은 주름 한 줄 없는데

그러나 그림자는 더 가까이에서 나를 찾는다.
나는 손등에 올라앉은 노을을 털어 버리고
어둠이 숨어드는 꽃밭, 그 곁에 자리한 우물로 달려가
내 목줄을 거머잡고 있는 달디단 물을 퍼올려
온몸에 피가 나도록 씻고 또 씻으며 외쳤다.
"나는 없다! 아니 나는 처음부터 없었다!!"

-「어느 가을 저녁에」 전문

장상태의 "나는 없다! 아니 나는 처음부터 없었다!!"라는 고백은 자연을 통해서 자신을 성찰하는, 자연이라는 거울에서 자신을 되돌아보는, '회심(悔心)'의 태도이지만 '온몸에 피가 나도록 씻고 또 씻'는 수행(修行)이다. 잡념을 정결화 하는 일이다. 그 수행은 결국 '자연=평형=사람다움의 길'의 재차 삼차 확인하는 것이다. 그럴수록 그는 '나는 없다! 아니 나는 처음부터 없었다!'는 무아의 깨달음 - 깨침에 이른다.

4. 저 '너머'로 향하며, '평형'을 찾는 '몽당비'

'자연=평형=사람다움의 길'은 보이는 세계이면서 보이지 않는 세계이고, 들리는 세계이면서 들리지 않는 세계이고, 만질 수 있는 세계이면서 만질 수 없는 세계이다.

시인은 시에서 꼭 알 수 없는 세계를 조금씩 남겨 둔다. 그것이 대화와 소통의 방법이다. 전부를 밝히지 않고, 풀리지 않은 채로, 이해되지 않은 채로 어설프게 남겨둔다. 그리움과 궁금함을, 슬픔과 기쁨을, 희망과 절망을 조금씩 숨겨 둔다. 알 수 있으면서 알 수 없도록 얼버무리고 만다. 그게 삶이고 시이다. 대화이고 소통이다. 언어이고 서사의 기법이다. 그것을 감내하는 것이 사람들의 일상이다.

그는 고백한다. 그 자체로 대충대충 하는 듯한 삶과 시='나의 작품'이, 그 자체로 '감동'이고 '축복'이라고! 그래서 포기하면 안 되고, 계속 쓰고, 이야기하고, 주장하고, 말해야 한다는 것이다.

> 나의 작품 한 편 한 편은
> 감동과 축복 속에서
> 꽃 피우며 열매 맺을 것이리니
> 결단코 포기하지 말라.
>
> – 무제, 일부

근원적으로 해체나 분석이 불가능하며, 있는 그대로 사랑해야 하는 것이 삶이다. 생로병사, 그 역겨운 삶을 기반으로 그 초월적이고 추상적이고 역겨운 종교가 탄생했다. 그대=인간의 오만과 욕망과 희망이 간음하여 만든 것이 종교이다. 장상태 시인은 쿨하게 '그래 이제 그대의 날갯짓 그대의 식욕 그대의 간음은/눈부신 잉태 탄생 종교'라고 단언해둔다.

> 더덕 인삼 도라지 썩은 물도 아니고 클레오파트라 개양귀비 양귀비
> 썩은 물도 아니고 아니 저 멀리 직립원인 북경원인 네안데르탈인
> 썩은 물도 아니고 차라리 더럽고 오염된 도시의 구토물과 배설물로
> 차려 놓은 물 속에서 습지 속에서 마치 된장 속을 헤집고 다니는

구더기와 같은 옷가지를 걸친 채 유년을 보내다가 잠시 동안
은실로서 온몸을 친친 감고 솜사탕보다 더 달콤하고 부드러운
잠에서 깨어나니 참으로 그대는 찬란 날개를 달고 신선이
되었구나 그래 이제 그대의 날갯짓 그대의 식욕 그대의 간음은
눈부신 잉태 탄생 종교

-「꽃등에」 전문

삶은 더러운 듯 아름다운 꽃을 잉태한다. 그것이 종교이다. 종교는 역겨운 것이며, 인간의 그 너머를 말하지만 사실은 그 안쪽의 그림자 - 그늘 - 얼룩 - 때를 우아하고 멋지고 거룩하게 처리하고 있는 것이다. 그 처리 비용을 챙기는 것이 종교조직이고, 그 조직을 이끄는 자들(매개 - 중개자들)이고, 그것으로 돈을 버는 것이 종교조직이다. 그것을 시인은 잘 알고 있다. 그런 사유의 결과 도달한 시인이 세계는 '몽당비'이다. 바닥을 쓸며 닳고 닳아 그 맨몸, 생신(生身)만 남은 짱딸막한 빗자루. 얼마나 처연한가. 마치 네덜란드의 화가 램브란트가 만년에 그린 소박한, 어깨에 힘이 빠진 채로, '무심하게 관조한' 자화상처럼 또 얼마나 아름다운 모습인가.

살아가면서
어찌 먼지나 쓰레기만 쓸고 치우랴
사랑이나 슬픔도 쓸고 치운다

한평생 얼멍덜멍
마음 얽고 배 맞춰온 마누라 함께

큰 비바람이라도 불면
당장 주저앉을 것만 같은 초옥일망정
땀 흘려 쓸고 치우며
아들딸 올망졸망 낳고 길러
제 짝 맞춰 치워버린 뒤
끝내 그 마누라마저 떠나보내고
홀로 빈 집 안의 칼바람을
쓸고 치우고 또 쓸었다

이제 더 이상
쓸고 치울 먼지나 쓰레기는 없어도
칼바람되었던 사랑과 슬픔은 없어도
야무지게 닳고 닳은 늙은이는
곰팡 핀 구석자리에서
아직은 단단한 주걱처럼 늠름하다

-「몽당비」 전문

장상태 시인 스스로를 쓸고 간 '몽당비' 앞에 우리는 다시 서 있다. '끝내 그 마누라마저 떠나보내고/홀로 빈 집 안의 칼바람을/쓸고 치우고 또 쓸었다'고 고백하듯이, 가족들마저 떠나보내고 나면 이제 그 빗자루는 나 자신을 쓸고 갈 것이다. 마침내 우리는 쓸어야 하고 쓸려가야만 하는 존재이다. '애증'과 '진선미(眞善美)' - '가추악(假醜惡)'마저 다 쓸어내며 '야무지게 닳고 닳은 늙은이'는 '곰팡 핀 구석자리에서/아직은 단단한 주걱처럼 늠름하다'고 확신한다. 그 확신과 고백은 서늘하다. 졸렬(拙劣)에서 바라보는 삶이 진풍경이다. 여기에는 하나도 군더더기가 없다. '이제 더 이상/쓸고 치울 먼지나 쓰레기는 없어도'라는 말이 가능하다. 있는 그대로를 응시해 들어가다 보면 더 이상 퇴로가 없는, 더 이상의 진로가 없는, 적나라한 '칼바람' 앞에 초연히 선다. 기로에 선다. 칼+바람. 죽느냐 사느냐의 문제 그 칼 앞에 당도한다. 그러나 그 칼이나 그 칼에 단죄되는 것이나 모두 '바람'이리라. 무명풍처럼, 바람일 수밖에 없다. 그 바람은 아뇩다라삼먁삼보리=무상증등각(無上正等覺)을 만드는 허허벌판에 부는 바람이다. 그 바람은 결국 '평형' 즉 '균형'을 가져다 준다.

> 다섯 칸 세계에서의 한 사람이라면 한 가운데인 셋째 칸에 있
> 어야만 합니다 어느 쪽으로도 옮기면 평형은 무너지고 맙니다
>
> 다섯 칸 세계에서의 두 사람이라면 양끝 칸인 첫째 칸과 다섯
> 째 칸에 있거나 한 칸씩 안으로 이동해 둘째 칸과 넷째 칸에 있
> 어야만 평형은 만들어집니다
>
> 다섯 칸 세계에서의 세 사람이라면 양 쪽 칸을 미뤄두고 나머
> 지 칸에 모여 있거나 한가운데와 양끝 칸에 있고 둘째 넷째 칸
> 은 비워둬야만 평형이 행복하게 유지됩니다
>
> 다섯 칸 세계에서의 네 사람이라면 한가운데인 셋째 칸만 비
> 워두고 첫째 둘째 칸과 넷째 다섯째 칸에 누워 있어야만 평형이
> 이루어집니다
>
> 다섯 칸 세계에서의 다섯 사람이라면 제각각 한 칸씩 느긋이

차지하고 있어야 다섯 사람 모두가 평형은 이루어져 다섯 사람
모두가 평안해집니다

평형은 아름다운 제자리 지키기입니다

-「평형平衡」 전문

삶은 순간순간 떨리면서 진보도 티보도 없이 나아간다. '행행도처(行行到處), 지지발처(至至發處)' 아닌가. '가도 가도 그 자리 걸어도 걸어도 떠난 자리'일 뿐이다.

그런 방정식은 인간의 사유(작위)에 있는 것이 아니라 궁극적으로는 자연(존재)에 있다. '제 자리를 지키는' 것은 자연만물들의 진실이며, 인간도 그것을 벗어날 수 없다. 다른 말로 알 수 없는 바람, '무명풍'이 그 평형을 잡아준다. '아폴론적=질서'를 다스리는 것은 '디오니소스적=혼돈'이다. 바람은 인간들 모르게, 보이지 않도록 숨기면서 세상의 기압을 균형 잡아준다. 그 근원을 모르니 그냥 '무명+풍'이라 했지만, 만일 계륵 같은 무명풍이 없다면 균형을 잡아주는 보이지 않는 손이 사라지고 마는 것이다. 이런 무명의 진정한 자각 끝에 '명(明)'이 찾아든다.

명은 무명을 통해 만나지만, 그것은 어디서 많이 본 듯한 얼굴이리라. 마치 스윽 지나가는, 이미 본 적이 있거나 경험한 적이 있다는 이상한 느낌, 즉 데자뷰(deja vu)를 경험하는 일인 것이다.

그때 나는
와송이 덜퍽지게 자라는

지붕 위에서
텔레비전 안테나를 세우고 있었다.
해는 정수리에 와 박히고
내려다보이는 건너편 골목 모퉁이
유리 가게에 진열된 거울들이 자꾸만
예리한 반사의 송곳으로
내 눈알과 신경을 찔러댔고
오뉴월 땡볕에 허파는 기진해
헐떡거리다 못해 비명이 터질 순간
갑자기 사위를 찢는 사이렌
그 소리에 잡고 있던 안테나 봉을
자칫 놓칠 뻔한 아찔한 방심에 당황하며
소나기처럼 빨리 지나가길 기다리는데
이윽고 길게 하소연하듯 울다 사라지는
고음의 금속성 소리에
그 때 나는
내 날개를 슬그머니 빠져나가
방황을 잃고 밀림 속으로 사라지는 뼈를
까맣게 보지 못했다.

-「소리들」 전문

'이윽고 길게 하소연하듯 울다 사라지는/고음의 금속성 소리'를 듣고 있으면서, '그 때 나는/내 날개를 슬그머니 빠져나가/방황을 잃고 밀림 속으로 사라지는 뼈를/까맣게 보지 못했다'고 거짓말한다. 아니, 거짓말이 아니다. 착각이다. 알면서 모르는 체하는 것이 아니라, 모르는데 아는 듯 한 표정을 만나는 일이다. 어디서 본 듯한 그 이미지. 카뮈의 『전락』에서 읽는 데자뷰의 광경 말이다. 변호사 클레망스가 세느강에서 한 여인이 투신자살 하는 것을 방관한 뒤 잊고 있다가 한참 뒤 어느 날, 여자 친구와 여객선을 타고 여행하는 도중에 바다 저 멀리에서 홀연히 사라지고 거듭 나타나는 점 하나를 바라보듯, '슬그머니 빠져나가/…사라지는 뼈' 한 조각. 그것은 빗자루처럼 남아 있다. 시인의 뇌리에.

5. '빳빳한 숲'의 새벽풍경, '조철(朝徹)'

시인은 삶과 존재의 균형을 자각케 하는 '사유' 속에 무명풍 같은 '몽당비'를 챙겨 두었다. 시인의 사유 속에서 쓰레기, 먼지를 치우는 빗자루이다. 성찰과 사유의 손찌검이다.

그것은 무명풍을 인정하는 삶이 보다 '인간답듯이', '싹쌀 쓸어 털어버리고/숨을 길게 길게 들이켠 뒤/아리도록 손뼉을 치는' 일처럼, 허허롭고 청명하다. '박새가 우르르 떼 지어 날아가'듯, 그래서 열려오는 새벽녘 같은 경지이다.

『장자』에서는 이것을 '조철(朝徹)'이라고 한다. '아침 햇살이 문틈으로 비쳐드는 것처럼 순식간에 마음이 밝아지는 것'을 말한다. '초탈' - '초연'의 경지이다.

허영거리는 하현달이
갈 길을 포기한 채
하얗게 식어 굳어진

새벽녘이다

방구석을 핥고 다니던 개미를
싹쌀 쓸어 털어버리고
숨을 길게길게 들이켠 뒤
아리도록 손뼉을 치는데

태어난 모든 동작들이 바르르 떨고
차디찬 벽면에
걸어둔 빳빳한 숲 속
개울물이 도란도란 흘러
박새가 우르르 떼 지어 날아가는데

잠시 후
아직도 누워 있던 어둠이
들창을 빠져 나간 그 사이로
숨어 있던 사나이가 이글거리며 걸어오는
새벽녘이다

-「새벽 풍경」 전문

'조철'은 그야말로 "태어난 모든 동작들이 바르르 떨고/차디찬 벽면에/걸어둔 빳빳한 숲 속/개울물이 도란도란 흘러/박새가 우르르 떼 지어 날아가는' 듯한 장관이리라.

마침내 장상태 시인이 도달한 경지는, 행복에 이르는 '삶의 기술'(Ars Vitae. the art of living)의 터득이었다. 심각한 듯, 치열한 삶이지만, 그것이 그저 유머 개그처럼, 거창한 것이 아닌 허접한 일상임을 자각하는 일이었다. '인생살이 다 그렇고 그런 거지 뭐', '그냥 웃으며 살아!'라며, 태연한 척 어깨를 툭툭 치는 넉넉한 일상의 삶이었다.

일상! 얼마나 힘겹고 또 쉽고, 아름다운가. 얼마나 눈물겹고 지겹고, 우스꽝스럽고, 그리운 것인가.

장상태 시인은 떠났다. 하지만, 그는 예언자적으로, 그의 삶의 진풍경을 미리 언어로, 꽃밭으로 만들어 두었다. 시인의 시는 '내 날개를 슬그머니 빠져나가/…사라지는 뼈' 한 조각이었다. 그 '얼'(=魄)은 호랑이가 남긴 '가죽'=법신(法身)인 시이다. 그래서 시인은 죽지 않고, 언어로 현전(現前)하고 있는 것이다. 그대로 살아 꿈틀대고[生起] 있는 것이다.

풍요로움의 꿈, 혹은 부드러운 圓의 思惟
- 이성수(李星水) 시인의 시세계

1

시는, '시인 바로 그 사람' 이 '생각하고' '바라본' 세계이다. 그런 의미에서 시는 시인의 세계 그 안에 있다. 시는 시인이 열어놓은 만큼 열려있다. 여기에 시는 시인 나름의 향기와 색채를 지니게 되는 것이다. 이러한 의미에서 한 시인의 분신인 시를 읽는다는 것은 그 시인이 경험한 삶의 세계를 여행하는 것이다. 그것도 아주 오랜 나날 시인이 애써서 고뇌하고 번민한 삶의 이력을 짧은 시간 안에 경험하는 것이기 때문에 지극히 즐거운 일이 아닐 수 없다.

이성수 시인의 시를 읽으면 '正月 대보름달'(「車窓 밖에는 5」)을 바라보는 마음처럼 풍요로움을 느낀다. 다른 말로 표현한다면 부드러운 '원(圓)'의 '사유(思惟)'라고 할 것이다.

원이라는 것은 인간이 생각한 가장 완전한 사물의 형태이자 인간이

염원하는 삶의 궁극적인 모습이다. 그러나 삶의 세계는 애당초 둥근 것만의 세계가 아니다. 그보다는 오히려 '모'난 것들이 절차탁마를 거쳐서 비로소 둥글게 변해 가는 미완성의 모습으로서 존재한다. 아마도 완전한 원은 인간의 관념 속에서만 존재할 것이다. 그렇지만 인간은 보다 나은 것, 원숙한 것을 향해 부단히 고뇌하는 동물인 것이다.

유원지에서
회전 목마를 보았다.

분주히 원을 그리는
목마의 회전

그러던 어느날
원 속의 원을 보았다.

또 그러던 어느날
원 속의 모를 보았다.

목마는 연방 꽃을 피우고
목마는 연방 낙엽을 뿌리고

원 속의 원이 되는
원 속의 모가 되는

유원지에서

회전 목마를 보았다.

-「木馬」 전문

이와 같이 원을 잘 들여다보면 그 속에 원래 들어 있던 '모'를 볼 수 있는데, 그 '모'는 '원 속의 원'이 되어버린 '모' 즉 '원 속의 모'인 것이다. 이성수 시인은 '모'를 '眞珠紅 구슬 佩玉'(「日出 2」)으로 승화시켜 가고자 한다. 그것은 '먼 데 出寺/새벽잠 조으던 범종 소리'(「日出 2」)처럼 모난 형체들의 부딪힘 속에 우러나오는 풍요로움 혹은 원인 것이다.

그러나 이 풍요로움 혹은, 부드러운 원의 사유는 결코 단순히 도출된 관념이 아니다.

빈
하늘에
파문져 가는
물 무늬같은
圓

그 속에
가을 뙤약 비치는
한나절 행랑 가
껍질 터지는 석류 알의
속 앓이

-「그리움」 전문

에서와 같이 '껍질 터지는 석류알의/속 앓이'를 거친 것이며 '파문'을 간직한 '원'의 사유인 것이다. 다시 말해서, 원 속에는

> '벌구멍 같은 총구' · '펑펑 쏟아지는 눈송이'(「火曜報告」),
> '찹쌀 떡' · '삶은 계란'(「원 달라 투 달라」),
> '깡통'(「北回歸線 언덕마루를 달리던 전우여」),
> '한 개 核'(「버들개지」), '회전목마'(「木馬」),
> '태엽' · '바람개비' · '候鳥' · '天體를 굴리는 齒車의 이치'(「눈〔眼〕은」)

와 같은 무수한 원 내지 그에 상당하는 일상적 사물이나 형상, 이치 등이 포섭되어 있다. 그러나 그것은 사물과 사물 간에 서로 걸림이 없는 '無碍로운 함성'(「火曜報告」)이며, 나아가서는 '耳順의 능선'(「下山 1」)으로 승화된 것이라고 해야 할 것이다. 그만큼 이성수 시인의 눈은 풍요롭고 부드럽다. 그의 내면세계의 풍경을 일상 언어로 표현한다면 '알감이 한차'(「立冬周邊 4」)이거나 '豊魚'(「海邊素描」)인 것이다.

2

그런데, 이러한 풍요로움의 꿈, 혹은 부드러운 圓의 思惟는, 일단은 이성수 시인이 자연의 이치에 거스름 없이 거기에 '순종'하며 살고자 하는 데서 우러나오고 있음을 알 수 있다.

隱語처럼 흘러간 계절의
영하의 체온 안으로
눈을 뜰 수 없는 현기증은
너를 위하여 풍요하던
꿈의 分泌

언제든 시간을 순종하면서도
우람한 외침은
炯炯히 지축을 울리며
向日한 자세 그대로 굳어

-「裸木의 章」 일부

에서와 같이 '시간'에 '순종'을 기본으로 하면서 '우람한 외침'을 이야기하는 것이다. 그래서 이성수 시인은 '해바라기' · '태양'(「車窓 밖에는 1 · 2」)을 상념하고 희구하는 것이다.

우주의 반복되는 시간의 굴레 속에서 인간이 터득한 지혜는 역시 자연의 이법 속에 적극적으로 참여하여 그 이치를 터득하는 길이었을 것이다.

이러한 시간에 대한 순종은 이성수 시인으로 하여금 영겁을 돌고도는 시간의 반복성을 자각토록 한다. 그러한 순종은 씨앗→잉태→씨앗→잉태와 같이 '輪廻'의 모습으로 혹은 '離合'/'集散'과 같은 '反復'의 사유로 나타난다. 그러나 이러한 반복의 사유도 결국은 圓의 思惟 속에 원래부터 내함된 것이라고 보아야 할 것이다. 즉,

먹은 씨앗
파란 잉태로
깃으로 돌아가는
輪廻가 있어

네 任意의 離合은
求心으로 향한 集散의 反復

-「새 · 여름」 일부

의 시에서와 같이, 원은 '파란 잉태로/깃으로 돌아가는 輪廻'나 '離合' · '集散'의 '反復'과 연관되어 기술되고 있는 것이다. 또한 원은 반복과 동시에 연속성을 의미한다.

나는
連續性 그림자의 그늘 속으로
내려오고 있었다.

-「下山 1」 일부

또
그냥 저무는
이 한 해의
연속성 이상 기후여!

-「北回歸線 언덕마루를 달리던 전우여」 일부

그리고 이러한 반복이나 연속성의 사고는 그냥 홀로 존재하는 것이 아니라 인간의 구체적인 삶과 죽음과 연관되어 사유된다. 삶과 죽음은 시간성과 깊이 연관되어 사색될 수밖에 없다. 이렇게 해서 삶과 죽음의 문제는 하나의 한계상황으로서 이성수 시인의 원의 사유를 보다 근원적인 곳으로, 보다 깊은 곳으로 향하게 한다. 그곳에는 삶과 죽음이 원융한 모습으로 나타나고 시간의 이치도 여유 있게 자각되고 있다.

죽음보다 어려운
이켠의 삶을 모를려고
삶보다 어려운
이켠의 죽음을 모를려고

-「候鳥 2」 일부

아득히 넘실거리는 海原이
바람개비의 손에 감기어
후조의 날개를 타고
시계의 태엽을 감는
가랑잎 잎새의 어깨 넘어로
天體를 굴리는 齒車의 이치를 싹틔워 놓고

-「눈(眼)은」 일부

그래서 하늘과 땅의 이치를 알고 그 속에 흔쾌히 참여함으로써 유한한 인간으로서 고뇌와 번민은 해소된다.

아 끝간 데가 없는 하늘과 땅 끝
땅 끝은 하늘에 묻히고
나는 발자욱과 발자욱에 묻힌다.

-「夏至 무렵」 일부

이것은 자신의 내면과의 치열한 싸움을 통한 초극이라기보다는 차라리 심정적인 '자각'(='知命')이라고 보아야 할 것이지만, 다만 그것은

내 知命의 땀
여기사 마르네.

-「伽倻山에서」 일부

에서와 같이, 어디까지나 원의 사유가 가진 그 본래적 '回歸'(「銃이 있는 교실에도」)를 알고 그것을 깊이 사유하는 영성적인 노력(='땀')의 결과라고 해야 할 것이다. 또한 이러한 노력은 빠른 결실이 아니라 역시 '완행'(「車窓밖에는 2 - 철쭉꽃」)과 같은 꾸준한 사유의 결정이다.

3

원으로서 이야기되는 이성수 시인의 시는 둥글고 잔잔하다. 그러나 시의 기저에는 냉철하고 꾸준한 사유가 자리해 있다. '인간은 생각하

는 갈대'이기 때문에 사물을 그냥 바라보는 것이 아니고 자신과 연관시켜 의미지어 간다. 그것은 눈앞에 펼쳐진 세계 즉, '思惟의 바다'인 것이다.

구름 밖
하늘 끝
내 思惟의 바다가 출렁댄다.

-「海邊素描」 일부

이러한 사유는 사물과 그 존재의 근원에 대해 부단히 회의하고 사색하고 반성하게 만든다. 즉,

한 마리
날아오르는 새를 생각한다.

물결을 일으키는
바람의 습성.

나무 가지 끝에 앉은
새의 思惟가 무엇일까.

새가 가지 끝에 앉은
나무의 사유가 무엇일까.

-「思惟」 일부

이러한 사물에 대한 많은 물음들은, 아마도 이성수 시인이 시를 쓰는 동력이 되어 왔고 또한 시를 쓰는 한 지속될 것이다. 그리고 그에 대한 해답들은 계속해서 풍요로움의 꿈, 혹은 부드러운 圓의 思惟를 살찌울 것이며 '알감이 한차'(「立冬周邊 4」)이거나 '豊魚'(「海邊素描」)인 미래를 약속해 줄 것이다. 그런데 인간을 둘러싼 세계는 의식(意識)과 사유만으로써 끝나는 안온한 세계가 아니다. 의식, 사유와 더불어 생동감 있는 실천을 필요로 하는 복잡다단한, 살아서 꿈틀대는 역동적인 세계이다. 이성수 시인의 시가 '…를 생각한다' 혹은 '…가 무엇일까'의 사유에서만 머물러 있지 않고, 보다 적극적인 생동감 있는 세계에 눈을 돌려야 한다는 생각이 드는 것도 이 때문일 것이다. 이것은 결국 이성수 시인이 애당초 염원하던 세계, 즉 사물과 사물 간에 서로 걸림이 없는 '無碍로운 함성'(「火曜報告」)과, 복잡다단한 사물의 모든 다양성이 거스름 없이 내면에 자리하는 '耳順의 능선'(「下山 1」)을 풍요롭게 시로써 드러내기 위해서도 그렇다. 이제부터 아마도 '원 속의 모'(「木馬」)를 바라보는, 한층 치열한 문제의식을 원숙함으로 승화시키는 작업이 '출렁대는' '思惟의 바다'에서 이루어지리라 생각해 본다.

시는 시인의 삶을 넘어서지 않는다. 시인이 시를 열어 가는 것이다. 이 시대에 다시 이성수 시인만이 가진 풍요로움의 꿈, 혹은 부드러운 원의 사유가 '분주히 원을 그리는/목마의 회전'(「木馬」)이 되기를 염원할 뿐이다.

'나(我)'라는 상처, 그 형식들: 최재목의 시 3편과 해설

- 2015 국교정상화 50주년 기념 한일 시인 교류회 : 〈소통과 상생, 매개체로서의 시〉 에 부쳐 -

1

무슨 흔적이 남았을까

벌레 한 마리가 기어간다
보일 듯 말 듯한 흙 틈새로
그들만이 아는 길 따라
끊임없이,

그래서, 무슨 흔적이 남았을까
살펴봐도
발자국은 보이지 않는다
순간에도 다가서지 못하고
영원이란 건 더더욱 알 턱도 없는
그들이 다녔던 길엔,

〈해설〉

벤치에 앉아 물끄러미 벌레 한 마리를 쳐다본다. 조금씩 움직이며 앞으로 천천히 나아간다. 왜, 무얼 하러 가는 것일까? 내가 지금까지 돌아다닌 그 몇 억 분의 일도 안 될 거리를 이동해가는 그들이 본 것은 무엇일까? 저들이 나를 보았다면 그 의미는 무엇일까? 지구 속에서 그들이 사는 광경을 난 다 볼 수도, 생각할 수도, 알 수도 없다. 그들은 영원이란 것도, 순간이란 것도 모른 채 살겠지만, 내 머리는 그들 생각으로 복잡하다.

보일 듯 말 듯한 땅, 거기에도 길이 있는 모양이다. 표지판도 신호등도 건널목도 그들에겐 필요 없을 것이다. 멈추는 곳이 끝이고 시작일 것이다. 규율은 그 자신에게 있을 것이다. 우리들이 느끼는 따사로운 빛도, 감미로운 음악도, 향기로운 꽃향기도 그들에게 얼마나 큰 상처나 위안이 되었을까. 저 천천히 걷는 길에 얼마나 큰 장애나 도움이 되었을까. 집착을 다 버리고 걷는 듯한, 움켜쥐고 있는 것을 다 놓아버리고 있는 듯한 저 걸음걸이가 디딘 땅은 얼마나 더 패였을까. 이런 저런 쓸데없는 생각을 하다 보니 난 그 벌레 한 마리가 차츰 뭐가 뭔지 잘 알 수 없게 되었다.

일상은 '늘 이런 것'이기에 낯익어서 시시하고, 하찮아 보이고, 별 매력도 없다. 이미 신선도가 떨어져 차츰 돌보지 않게 된다.

시는 이런 하찮고 시시한 것들과 마주앉아 대화하는 것, 말을 거는 것 아닌가?

2

길

그곳까지 가기엔 너무 멀다
가다가 지쳐 그리움을 꺼내
숲에다 걸어둔다, 그리움은
나를 닮아 수염도 까칠하고
참 못생겼다
담장이 없는 마음속엔 늘
산이 보인다
지친 눈으로 가끔씩 하늘을 쳐다볼 때마다
나는 그리움과 정이 든다
그럴수록 너는 나에게
너무 멀다

〈해설〉

지나온 길을 돌아보면 참 잘못 걸어왔다는 생각이 들 때가 있다. 오십 줄에 들면서 나는 내 삶에 대해서 자주 생각하게 되었고, 이제 무엇을 추구하며 살아야 할 지, 무엇이 진정으로 중요한 것인지 自問해 보게 된다.

되돌아보면 내 길 위에 남은 것은 '쓸쓸함' 半, '서글픔' 半이다. 그런 반반의 풍경에 나는 발을 묻고, 발가락에 힘을 준다. 어디로 가나? 무엇하러 가나? 하고. 연신 두리번거린다. 안개가 채 걷히지 않은 새벽길을 묵묵히 걷듯, 내가 그리워하는 것이 무엇인지 한참을 생각해본다.

그러나 실상 아무 것도 없다. '定處 없이' 그냥 가던 길을 계속 걸어갈 뿐. 그러나 '가던 길'이란 사실 '남들이 걷던 길'의 일부이거나 아니면 전부일지도 모른다. 나의 길이 곧 남의 길이었다면, '그게 그거' 아닌가? 별 차이가 없단 말이다. 기껏 옆길로 걸어봤자 둔덕을 넘어서 산으로 향하거나, 들판을 가로질러 우거진 숲 속을 향하거나 뭐 그런 것이겠지. 그런 길이라도 스스로 걸어가려면 참 용기가 필요하겠지. 손가락질을 받으며 욕 얻어먹을 각오로.

잘 모르겠다. 삶은 문득 문득 켜지는 밤하늘의 별과 같은 것, 거리의 등불과 같은 것, 홀연히 피었다 떨어지는 꽃잎과 같은 것, 갑자기 이는 바람 따라 사막의 먼지를 털어 엄습해오는 황사 같은 것인가.

모두 삶과 세계를 상처 내어 스스로를 더 절실하게 까발리며 드러내려 보이려는 아픔들이다. 事故이다. 정처 없이 '걸어 다님'은 스스로를 까발리는 연습이다.

정지된 것들은 스스로의 풍경을 객관화 할 수 없다. 풀어낼 수 없다. 서술되지 않은 '實體'일 뿐이다. 명사일 뿐이다.

수많은 동사와 형용사를 거느리고 다니며 '나'를 풍요롭게 발견해내기 위해서는 '길을 걷는' 일이 필요하다. 무언가를 향한 '그리움'을 안고, 나는 오늘도 걷는다.

3

그곳에도 달빛이 닿았습니다

7월 외곽 한 모퉁이 푸른 달빛에 포도가 익어갑니다
달빛이 닿은 곳에는 모두 달 이야기로만 가득합니다
비 내린 뒤 잠깐씩 맑아지는 봇도랑의 무릎을 베고
찌그러진 포도알들도 달빛의 머리칼을 매만지며, 제법
세상의 둥근 것들과 이야기를 나눌 줄 압니다
연표(年表) 같은 포도 이파리를 몇 장 넘기다
바람은 잠이 들고, 들판엔 조금씩 빗방울이 듣기 시작합니다
달빛이 갇힙니다, 빗방울은 푸른 관(棺)입니다,
조용히 포도알은 아름다운 무덤 하나 만들고 있습니다
그곳에도 달빛이 닿았습니다

〈해설〉

내가 살고 있는 大邱市 壽城區 時至洞 아파트 주변에는 예전부터 포도밭이 많았다. 지금은 모두 사라졌다. 왜냐하면 최근 經濟特區로 지정되었기 때문이다.

20여년 전 이곳에 정착한 뒤 나는 행복하였다. 마음이 혼란스럽거나 허전한 날이면, 봄이든 여름이든, 가을이건 겨울이건 나는 홀로 포도밭 가를 거닐곤 하였다. 그래서인지 당시 나의 詩 속에는 포도밭이 자주 등장하였다.

아마 10여년 전이라 생각된다. 장마가 지나간 뒤의 7월 어느 저녁. 포도밭 가를 거닐었을 때였다. 푸른 달빛 아래, 물빛이 반짝이는 포도알을 쳐다보며, 나는 그 알들 하나하나가 모두 푸른 달이 되어 가는 것을 보았다.

아니 그 포도알 속에 푸른 달빛이 한 알 한 알 갇혀서, 포도즙이 되

는 순간들을 보았다. 다시 빗방울이 떨어지고….

나는 그것마저도 포도 알처럼 하나 하나 달빛을 가두는 관처럼 느껴졌다. 착시 아니면 착각이려니…. 찌그러진 포도 알들도 달을 껴안은 고요한 허공의 무덤들임을 알게 되었다. 아름다운 환상….

세상 어디에나 달빛이 닿고, 그곳은 모두 둥근 달이 되어가는 내 마음 속의 아득한 이야기 밭을 나는 지금도 또렷하게 기억하고 있다. 상실하고 만 포도밭의 풍경을 내 마음 속 거친 메모장에 詩로 스케치해 두길 망정이지, 그러지 못했더라면, 이 지상에는 아예 없었을 언어였으리라.

연표(年表) 같은 포도 이파리를 몇 장씩 스윽스윽 넘기던 칠월의 포도밭 가의 알 수 없는 바람. 아득한 길. 아 지금은 갈 수도 없는, 내 생애의 한 토막을 증언하는 참 머나먼 곳으로 나는 늘 홀로 가로지르고 있다.

Ⅱ

문학 · 예술의 고통과 위로

'생명'의 본질은 '밥'과 '양심'을 위한 싸움
- 작가 조명희의 생명론 -

언어, 작가의 세계(시공간)를 담은 집

한 인물을 알게 된다는 것은 그 한 사람이 가졌던 '세계'를 아는 일이다. 그래서 즐겁고도 또 고통스러운 일이다. 한 작가의 작품은 그가 '언어'로서 영유(領有)했던 전(全) 시간과 공간이다. 그가 '알고', '느끼고', '생각했던' 시공간은 이미 '휙 지나가버렸고' '망각돼 지워져버렸다'. 언어는 그런 기억과 흔적을 담고 있는 집이기에, 우리는 한 작가의 작품을 읽을 수밖에 없다.

개 같은 인생…대지를 핥는 말

포석(抱石) 조명희(趙明熙. 1894 - 1938)는 '대지를 핥는' '땅의 말'을 토해 내고팠던 작가다. "동무여/우리가 만일 개(犬)이어든/개인 체하자/속이지 말고 개인 체 하자!/그리고 땅에 엎드려 땅을 핥자/혀의

피가 땅 속으로 흐르도록,/땅의 말이 나올 때까지…"(「동무여」, 『포석 조명희전집』, 동양일보출판국, 1995, 37쪽) 개 같은, 처절하게 구속된 삶을 그대로 받아들이며, 그 귀결이 결국 '주림과 죽음'임을 냉정하게 인식하고 있었다: "일본 제국주의의 무지한 발이 고려의 땅을 짓밟은 지도 벌써 오래다. …그놈들은 공장과 상점과 광산과 토지를 모조리 삼키며 노예와 노예의 떼를 몰아 채찍질 아래에 피와 살을 사정없이 긁어먹는다. …온 고려 프롤레타리아 동무 - 몇 천의 동무는 그놈들의 악독한 주먹에 죽고 병들고 쇠사슬에 매여 감옥으로 갔다. …고려의 프롤레타리아트! 그들에게는 오직 주림과 죽음이 있을 뿐이다. 주림과 죽음!"(「짓밟힌 고려」, 『전집』, 384 - 5쪽)

'밥'과 '양심'

그래서 그는 삶의 문제를 간결하게 두 가지로 정한다: "지금 내게 가장 절실한 문제는 밥과 또는 내 양심 이 두 가지밖에는 아무 것도 없다." 항산(恒產)이 있어야 항심(恒心)이 있다던 맹자의 주장처럼, 먹고 사는 문제(=밥, 경제)가 있고 난 다음 인간다움(=휴머니티, 도덕)이 생겨나지만, 이 두 가지 모두를 일본 제국주의는 박탈하고 말았다. 그래서 그는 투쟁을 결의한다: "배고픈 고통 앞에 무슨 고상한 사상이고가 있겠느냐? 제 양심의 비위짱이 틀리는 마당에 세상이고 무엇이고가 있겠느냐…다만 밥과 양심, 이것만 위해서 싸울 따름이다."(「단문(短文) 몇 - 나의 현재 - 」, 『전집』, 318쪽).

'신기운(新機運)'=신흥운동(新興運動)

사람의 눈동자를 응시하면 그 사람의 내면을 알 수 있듯이, 조명희의 작품에도 그런 가장 빛나는 대목(=눈동자)을 만날 수 있다. 그것은 꾸미기[=文. 치장] 전에 본질[質. 바탕]이 먼저 있듯이, 작품 전체를 지탱하는 '의미'(뜻)에 해당한다. 만물의 의미는 바로 '생명'이다. 조명희가 파악한 인간 생명의 본질은 '밥과 양심'이었다. 그것이 없으면 죽은 삶이고, 죽은 역사이기에, 의미=생명이 없다. 그래서 그는 '생명이 고갈'한 시대를 진단하고, 거기서 '신기운(新機運)' 즉 새로운 기회(機會)와 운수(運數)를 기획하려 한다. 그것이 '신흥운동'(新興運動)이다. 이 신흥운동에는 먼저 '힘과 열이다'. 힘과 열이 없으면 '마른 잎', '시들은 꽃'과 같이 되고 만다.(「생명(生命)의 고갈(枯渴)」, 『전집』, 313쪽, 315쪽)

생명='힘'→'열'→'빛'

조명희는 '생명'은 '힘'이라고 단언한다. 생명은 '살아있는 까닭' 즉 '의미'이다. 살아있다는 것은 먼저 '살려져야' 하며, 그 다음 스스로 '살아가야' 한다. 타력과 자력이 멋스럽게 합쳐진 생명의 실상이다. 천지가 만물을 '살리려 하고'(生) 살아있는 만물들이 스스로 '살려고 하는'(生) '힘'인, 이른바 '생+생'(生生)이다. 생생이란 '생겨나서=살려져서' 또 새로운 것을 '낳는'='태어나고 낳는' 것이다. '천지지대덕왈(天地之大德曰生)'의 '생', '생생지위역(生生之謂易)'의 '생생'이 여기에 해당한다. 조명희는 말한다: '힘'이 있음으로 '열(熱)'이 있고, 열이 있음으로 '빛'(光)이 있고, 힘과 열과 빛이 있음으로 온갖 '빛깔'[色彩], '소리'[音響], '모양'[形態]이 있다. 생명에 진(眞)과 미(美)가 있는 까닭이라고. 그는 또 말한다. 자연에 '굼실되는 바다가 있음'과 같이, '사람에게는 예술이 있다. 철학이 있다. 온갖 것이 있다. 이것은 다 생명의 표현이다. 살아있는 까닭이다. 생명이 있는 까닭이다.' * [생명=힘→열→빛⇨빛깔 · 소리 · 모양=진 · 미=예술 · 철학]

"밥과 양심을 위해 싸울 따름"

조명희의 생명에 대한 논의는 추상적인 것이 아니다. 일제 식민지하 조선의 현실에 당면한 발언이다. 그는 말한다: "형식은 비록 거치나 빼개고 나오는 힘이 있어야 한다. 끓어오르는 열이 있어야 한다."(「생명(生命)의 고갈(枯渴)」,314쪽) 조선의 비극적 상황에 대해 그는 "부끄럼과 아픔"을 느껴야 하며, 이런 환경에 대해 "지구라도 뒤집어엎고 싶은 분감과 반항을 느끼지 아니할까. 이러한 침통한 자의식이 있은 다음에야 어찌 힘과 열이 없을 리가 있을까. 힘과 열이 있은 다음에 문예가 나오지 아니 할까."(「생명(生命)의 고갈(枯渴)」,316쪽)라고 안이한 지식인에게 독설을 퍼붓는다.

힘과 열은 압제와 통제를 벗어나 해방과 자유를 구가하는 것이다. 그것은 생명의 본래 모습을 회복하는 것이다. 그래서 그는 말한다: "다만 밥과 양심, 이것만 위해서 싸울 따름이다. 그 끝으로 어떤 광명이 올는지, 암흑이 올는지 그것은 모르겠다. 다만 싸워 갈 뿐이다."(「단문(短文) 몇 - 나의 현재 -」,318쪽) 조명희가 삶을 이렇게 간결하게 정리할 수 있었던 것은 그가 처했던 조선의 상황이 그만큼 절박했기 때문이다. 밥과 양심을 위해서, 그것을 목적으로, 싸우고자 했던 그의 영혼은 식민통치기 망명 중, 총살당했다. 이중, 삼중으로 짓밟힌 디아스포라 조명희. 그가 고국에 돌아와 부디 편히 잠들도록, 그의 비극을 꺼내서, 우리는 이렇게 다시 기리고 있는 것이다.

빈센트 반 고흐, '아나키 유토피아'로 호출되다

박홍규 저, 『절망 속에서도 희망을: 노동자화가 빈센트 반 고흐의 아나키 유토피아』(2013) 서평

전방위적 저술가 박홍규

박홍규 교수(영남대 교양학부)(이하 박홍규)가 이번에 새 저서 『절망 속에서도 희망을: 노동자화가 빈센트 반 고흐의 아나키 유토피아』를 선보였다. 그가 그동안 탐구해온 빈센트 반 고흐(이하 빈센트)를 최종적으로 요약한 역작이라 생각한다.

나는 박홍규를 학문과 인생의 선배로서, 그리고 우리 나라의 탁월한 지식인으로서 존경한다. 누가 뭐라고 하든 나는 그가 우리 곁에 있는 게 이 시대의 축복이라 믿는다. 잘 알려진 대로 박홍규는 이 시대의 보기 드문 공부 꾼이다. 그는 인문사회과학과 예술 전반을 가로지르며 끊임없이 사색하고, 열정적으로 저술하고 있다. 우리 시대의 문제를 종횡무진 탐색하는 르네상스적 지식인이자 전방위적 저술가로 독자적인 길을 걸어가고 있다. 그의 교양에 대한 애정과 박식함, 지식에 대한 광폭한 관심과 섭렵, 정력적인 저술은 가히 경탄할만하다. 개별 영역만을 개척해온 이른바 '전문가'라는 눈으로 본다면 박홍규의 '두루 섭렵하고 다방면에 걸친' 작업은 참 이해하기 힘들 수도 있다. 개별 영역의 전공자들은 혹여 자신의 영역을 침범해올지 자신의 밥그릇을 빼어가지나 않을지 불안과 경계의 눈초리로 흘겨 볼 수도 있다. 그러나 그는 그렇게 논할 단계를 훌쩍 넘어선 자리에 있다. 나는 이 점을 강조하고 싶다.

무언가를 선택한다는 것은 '나(=자신)'를 드러내는 행위이다. 그렇기에 어떤 선택에는 - 그것이 글이든 그림이든 물건이든 - '나'의 '그림자'가 들어있다. 이 그림자는 나의 의지의 표상이다. 그래서 우리의 언어와 생각은 자신의 자국이고 얼룩이고 때이며 물결이며 파도 아닐까.

왜 빈센트를 호출하는가

나는 왜 박홍규가 이전에도 줄곧 탐구해온 빈센트에 다시 깊은 관심을 가졌는지 알 듯도 하다. 왜냐하면 박홍규 자신이 빈센트를 통해서 무언가 '자신의 이야기'를 하고자 싶었기 때문일 것이다.

우선 〈머리말〉 첫머리에서 박홍규는 말한다. 「시골 내 집 거실에 걸려 있는 빈센트 반 고흐의 그림은 흔히 그가 마지막에 그렸다고들 하는 〈까마귀가 나는 밀밭〉이다. 얼마나 오랫동안 걸어놓았는지 기억도 없고 걸어놓은 뒤에 한 번도 뗀 적이 없다. 아마 내가 죽을 때까지 떼지 않으리라. 거의 반세기쯤 빈센트를 안 내 삶의 거의 대부분 그의 모든 그림을 사랑했다.」 이렇게 말하고 나서 그는 「그가 평생 그린 그림 중에서 밀밭 그림은 가장 흔한 것일지 모른다. (중략) 까마귀가 나는 하늘 밑으로 펼쳐진 밀밭에 세 개의 길이 나 있는 이 그름은 흔히 불행한 화가의 자살이라는 최후의 비극 직전에 그린 마지막 절망의 절규로 설명돼왔다. 그러나 나는 반드시 그렇게 느끼지도 생각하지도 않는다. 볼 때마다 반드시 같은 느낌이 들지도 않는다. 어떨 때는 슬프지만 어떨 때는 즐겁다. 아마도 내가 슬프면 슬프게 보이고 즐거우면 즐겁게 보이는 것 같다.」

〈까마귀가 나는 밀밭〉을 통해 하늘을 나는 검은 '까마귀', 쓰러질 듯 일렁이는 노란 '밀밭', 그리고 세 가닥의 '길'로 빈센트에 대한 박홍규의 회상이 잘 요약된 것처럼 느껴지는 대목이다. 그것은 박홍규 자신의 절망, 슬픔, 즐거움, 기쁨의 감정을 비춰주는 거울처럼 보인다. 아니 유독 그 작품만이 아니라「거의 반세기쯤 빈센트를 안 내 삶의 거의 대부분 그의 모든 그림을 사랑했다.」라고 말하듯 빈센트의 그림 전체가 박홍규의 삶의 벽면에 붙은 빛나는 거울들이라 해도 좋겠다.

박홍규는 영남대학교 외곽에 자리한 전원주택에서 살고 있다. 농사도 짓고, 그림도 그리고, 독서도 하고, 글도 쓰고, 국내로 해외로 여행도 하면서 자유인으로 살아가고 있다. 한 마디로 부럽다. 더욱이 그는 자가용이 없이 자전거를 타거나 걸어 다닌다. 모임이 있으면 버스나 지하철을 타고 시내로 간다. 언제나 현대문명과 객관적인 거리를 가지고 자연인으로 살아간다.

그는 원래 법과대학에 소속된 교수였으나 지금은 교양학부로 옮겨 주로 교양 강의를 하고 있다. 그는 자유 - 자치 - 자연을 주장하고 실천하고자 한다. 그래서 현실과 불협화음을 느끼고 고군분투하는 경우가 많다. 그만큼 적지 않은 불화도 예상된다. 지금까지 겪어온 박홍규의 절망과 희망의 레퍼토리는 앞서서 든 〈까마귀가 나는 밀밭〉을 바라본 술회에 잘 드러나 있고, 나아가서 이번의 저서 『절망 속에서도 희망을: 노동자화가 빈센트 반 고흐의 아나키 유토피아』를 통해 잘 정리되었다고 나는 평가하고 싶다. 물론 박홍규 개인 내면에서 일어나는 모든 불화와 절망을 제삼자인 나로서는 온전히 짐작할 수 없겠다.

그러나 나는 박홍규의 이 저작이, 아니 지금까지 이뤄온 그의 일련의 수많은 저작이 자신의 내면적 고통을 냉정한 정신으로 풀어가는 그 순간순간을 수도 없이 썼다가 지운 순례의 기록처럼 느끼고 있다. 마치 생텍쥐페리가 아르헨티나 남부의 미개지 항공로 개척을 명받고 정찰 비행에 나선 뒤 남미 남단 파다고니아 지방에서 특유의 대선풍을 만난 경험을 기록한 『조종사와 자연의 힘』에서 대자연과 맞서 안전운항을 하려는 조종사의 고단한 술회처럼 말이다.

절망의 캔버스 위에 그린 '아나키 유토피아'의 희망

다행히 지금까지 박홍규의 절망은 희망으로, 더욱이 창의적으로 해소되어 왔다고 할 수 있다. 그 종합적 이미지는 스스로 아끼는 저 빈센트의 〈까마귀가 나는 밀밭〉 아닌가 한다. 절망처럼 느껴지는 검은 까마귀의 날개 짓 밑으로 노란 희망의 밀밭이 일렁이고. 까마귀는 자유 - 자치 - 자연의 아나키를 외치는 슬픔과 고독의 절규이고, 그 아래의 밀밭은 노동자들(아니 박홍규 자신)의 사랑과 우정의 공동체로 일궈질 수 있는 유토피아가 아닐까? 〈까마귀가 나는 밀밭〉에서 보듯, 위로는 절망의 현실이, 아래로는 희망의 미래가 어우러져 있다. 박홍규가 빈센트를 '노동자화가'로 그리고 '아나키 유토피아'를 실현하려는 예술가로 파악한 것은 바로 박홍규 자신이 그런 방식의 삶을 실천하고 싫어서 일부러 호출한 것이라 생각한다. 그렇다. 「에필로그」에서 박홍규는 말한다. 「우리도 절망과 환멸 속에서 산다. 나 역시 50이 넘은 나이에도 좌절, 실망, 실패, 패배뿐이다.」 라고.

박홍규는 빈센트를 불러내어 자신을 이야기한다. 그 맥락을 촘촘히 따라가다 보면 박홍규가 빈센트이고 빈센트가 박홍규이다. 전체적으로 서로가 서로를 껴안아주고 대변해주는, 어쩌면 색다른 형태의 박홍규 자서전이라 해도 좋겠다.

빈센트란 '성공자'란 뜻이다. 박홍규는 빈세트를 '인류의 그림을 그린 승리자'로 본다. 빈센트는 살아서는 가난했고 그림 한 점 제대로 팔지 못한 '개 같이 살다가 죽은' 위대한 실패자였다. 그러나 죽고 나서 그의 그림은 제대로 대접받고 인생을 평가받는 위대한 성공자이다. 박홍규는 이 점을 놓치지 않고 평가한다. 개관사정(蓋棺事定) 아닌가. 죽고 나서, 관 뚜껑을 닫고서야, 제대로 된 평가가 시작된다는 것이다.

빈센트는, 〈까마귀가 나는 밀밭〉에서 보이는 세 갈래 길이 아니라, 수많은 길을 걸었다. 그의 그림 속에는 '오늘도 걷는다 마는 정처없는 이 발길'이 잘 드러나 있다. 그런 길 위의 방황 속에서 고향=자연을 찾았다. 사랑과 우정의 공동체=유토피아를 향한 행보였다. 박홍규도 책의 전편에서 이 점을 환기시키고, 부각시킨다.

아나키 유토피아는 박홍규의 '자유 – 자치 – 자연'

최근 박홍규는 빈센트 관련 책을 많이 간행했다. 먼저 1999년에 『내 친구 빈센트』라는 책을 선보였다. 그리고 2005년에는 『빈센트가 사랑한 밀레 – 반 고흐 삶과 예술의 위대한 스승』을 선보였다. 이어서 2009

년에는 『세상에서 가장 아름다운 편지 - 빈센트 반 고흐 편지 선집』을 지었다. 특히 이 책은 동생 테오친구 베르나르, 고갱 등에게 남긴 909통의 편지 가운데 가장 중요한 편지 125편을 추려낸 편지 선집이다. 고흐 삶의 여정을 시기별, 도시별로 나눠 편지를 쓰던 당시 그의 상황과 심리상태, 작품 활동 등을 한눈에 살펴볼 수 있게 만든 역작이다. 이번 저서에서는 그간의 작업이 종합적으로 요약되었다고 평가할만하다.

이 책은 「유토피아의 고향」, 「자기희생의 신앙과 예술」, 「휴머니티 사랑과 자유」, 「농촌 노동의 꿈」, 「도시의 빛과 그림자」, 「우정의 공동체」, 「무한의 자연」, 「자연과 문명의 생태적 조화」의 8부로 나뉘어져 있다. 빈센트의 생애와 작품 그리고 그가 추구한 이상세계를 저자 자신의 직설적 평가를 곁들인 역작이다.

이야기를 따라가다 보면 빈센트가 추구한 아니 박홍규가 추구한, 현실과의 불화, 절망과 희망이 잘 교직되어 있다. 빈센트 이야기 반 저자 자신의 이야기 반이다. 그래서 빈센트를 읽는 것인지, 박홍규의 실존적 내면을 읽는 것인지 묘한, 아름다운 착시를 일으킬 정도이다. 그러나 이 착시는 먼 지평선 위에서 두 사람이 겹친다. 아니 두 사람이 한 사람처럼 오브랩 되었다가 떨어지곤 한다. 그러면서 두 사람은 친구처럼 함께 길을 걸어가고 있다. 두 사람은 '절망 속에서 희망을' 갈구한 예술가로, 그런 영혼으로 '아나키 유토피아'라는 틀(=형식)을 고민하고, 실현하고자 한다.

빈센트의 예술적 전망은 단순히 일상으로 환원되지 않고 철학, 정치와 관계하고 있다. 다시 말해서 빈센트의 예술적 작업은 시작(詩作)처럼 근원적인 진리를 세우는 일이며 그것은 동시에 철학적 사유이고, 새로운 세계를 꿈꾸는 것이 된다. 마치 생텍쥐페리가 『인간의 대지』 가운데서 「인생의 진리는 증명되어지는 것이 아니다. 다른 땅에서가 아니고 이 땅에서 오렌지나무들이 튼튼한 뿌리를 뻗어 풍성한 열매를 맺게 되면, 이 땅이 바로 오렌지나무들의 진리이다. 만일, 다른 것들이 아니고 이 종교, 이 문화, 이 가치의 질서들, 이 활동 형식이 인간 안에 충만감을 만들어 주는 데 도움이 되고, 인간 안에 스스로 알지 못했던 고귀한 것을 내놓게 한다면, 이 가치의 질서들, 이 문화, 이 활동 형식이 인간의 진리이다.」라고 말한 것처럼 말이다. 빈센트는 자신이 원하는 새로운 진리를 세우고 싶은 것이다. 박홍규도 그렇다.

박홍규가 빈센트라는 노동자화가에 관심을 쏟은 것은 젊은 시절부터이다. 그가 빈센트의 일생을 조망하면서 밝히려는 것은 줄곧 '자유-자치-자연'에 대한 안목과 실천이었다. 이것은 박홍규 개인이 추구해온 지적인 작업 속에서 내밀하게 안배되고 또 연계되어 있었다.

일찍이 박홍규는 '자유-자치-자연'의 3자(自)를 창안하였다. 이런 관점에서 지식인과 사상, 문학, 예술을 전망하며 정리해오고 있었던 터다. 이제 그는 이것들을 '아나키 유토피아'로 정리하고 싶은 것이다. '유토피아'도 그냥 유토피아가 아니라 '아나키' 유토피아이다. 아나키란 '모든 억압으로부터의 자유'를 뜻한다. 그래서 박홍규는 빈센트가 삶과 사상, 그림으로 꿈꾼 세상이 「너무나도 솔직한 사랑과 우정과 노동의 세계」로 보았다.

아나키란 모든 억압으로부터의 자유를 뜻하는 것이다. 따라서 아나키 유토피아란 사랑과 우정과 노동이 자유와 자치와 자연 속에서 영위되는 것이다. 좋은 세상, 있어야 할 세상, 삶의 꿈이 실현되는 세계에 대한 소망의 표현이 박홍규가 말하는 아나키 유토피아이다. 그것은 빈센트가 꿈꾼 세계였고 동시에 저자인 박홍규 자신이 꿈꾸어 온 세상이다.

예술가는 기존의 것을 부수고, 새로운 것을 잠언처럼 툭툭 던지며 새로운 무언가를 창조해간다. 그래서 파괴와 창조가 동시에 이루어진다. 그런데, 툭툭 던지며 무언가를 만들어간다. 이 점에서 예술가는 입법자, 지도자처럼 보인다, 하지만, 그 내용을 잘 들여다보면 기존의 무언가를 허물고 그 자리에 새로운 무언가를 끊임없는 짓고 있기에 창조는 부수고 있다. 빈센트도 그렇다.

그러나 빈센트가 바란 것은 거대한, 위대한 일이 아니었다. 마치 스피노자가 렌즈를 깎으며 고독 속에서 평생 넓혀갔던 것은 '신'이 아니라 '세계 자체'를 향한 자유로운 '전망'이었듯이. 그래서 스피노자를 움직였던 것은 교수직과 같은 '지위에 대한 희망'이 아니라 오로지 '평안에 대한 사랑'이었듯이 말이다.

빈센트의 전망, 「자연과 문명의 생태적 조화」

빈센트의 전망은 결국 '자연과 문명의 생태적 조화'이다. 다르게 말하면 그것은 인간적 삶을 '자연과 문명의 생태적 조화'를 통한 '평안'의 시점에서, 그리고 '영원'의 시점에서 바라보려는 것이었다.

헤이그에 살던 시기 빈센트는, 네덜란드의 북동부 즈베일로로 가서, 그곳의 평탄한 대지에서 받은 깊은 감동을 동생 테오에게 편지(1883년 11월 1일경)로 썼다. 여기서 빈센트가 본 것은 '평탄하고 끝없는 대지' - '대지와 하늘이 명확한 대비로 존재하는 모습' - '좌우로 펼쳐지는 끝없는 황야'였다[박홍규, 『세상에서 가장 아름다운 편지』, (아트

북스, 2009), 283 - 285쪽 참조]. 천지자연의 영원함, 살아 꿈틀대는 생명체들의 왜소함을, 빈센트는 깊은 눈으로 자각하고 있었다.

그 뒤, 빈센트는 헤이그를 떠나 네덜란드 남부 지역 누에넨(Nuenen)에 살았을 때 그는 거기서 받은 느낌을 테오에게 편지(1885년 6월초)로 써서 보낸다.

> 오늘, 그 작은 상자를 보냈어. 그 속에는 전에 말한 것 외에 「농민들의 묘지」라는 유화를 넣었어. 세부는 상당히 생략했어. 내가 표현하고 싶었던 것은, 그 폐허가, 수백년 간 농민들이 파고 또 팠던 그 들판 자체에 매장되는 것을 얼마나 여실히 보여주는가 하는 것이었어. (중략)
>
> 그 주위의 판은 교회 묘지의 풀밭이 끝나는 곳에서 작은 울타리 너머 지평선 - 바다의 수평선 같은 - 과 접하여 최후의 선을 이루고 있어. 지금 이 폐허가 나에게 말하는 것은, 아무리 견고한 기초를 다진 신앙이나 종교도 결국은 썩어버리고 말지만, 농민들의 삶과 죽음은 언제나 똑같이 이어진다는 거야. 즉 그 교회 묘지의 지면에 자라고 있는 풀이나 작은 꽃처럼 규칙적으로 태어나고 죽어간다는 얘기지.(박홍규, 『세상에서 가장 아름다운 편지』, 338 - 339쪽)

즉 농민들의 묘지는, 수백년 간 그들 스스로가 파고 또 팠던 그 들판 자체에 그들이 다시 매장되어 가는 곳이다. 농민들은 지평의 선에서 노동을 하다, 그 선에 스스로가 묻혀가는 것이다. 빈센트는 폐허가 된 교회 묘지를 통해서 자신의 사색을 한 마디로 정리한다. '아무리 견고한 기초를 다진 신앙이나 종교도 결국은 썩어버리고 만다'고. 그러나 교회 묘지의 지면에 자라는 풀, 작은 꽃처럼, '농민들의 삶과 죽음은 언제나 똑 같이 이어진다'. 그는 지평의 '線'에서 모든 생명체가 갖는, 영원히 이어지는 생멸의 규칙성을 초연히 정리해낸다. 마치 스피노자가 그의 『에티카』 제5부 · 정리6에서 "모든 사물의 필연성을 이해하는 한, 우리의 마음은 그 사물의 영향력을 초월한 더 큰 힘을 가졌거나 그 영향력으로부터 덜 괴로움을 당한다."라고 한 말처럼 말이다. 빈센트의 머리속엔 이런 기하학적이라 할 만큼의 냉정한 사색이 자리했고 그것을 통해 '영원'을 곁눈질하고 있었다.

빈센트가 누에넨에 머물던 시기에 그린 〈열린 창문 가까이의 직조공〉(1884년)에는 조그만 창문으로 넓은 들판과 밭일을 하는 농부, 그 뒤로 무너져 내릴 듯한 황폐한 교회가 보인다. 이것을 확대한 것이 〈낡은 교회 탑과 농부〉(1884년)이다. 부조리한 사회적 문제에 무관심하고 침묵하던 무기력한 종교와 교회를 상징한다. 종교도 교회도 망하고 결국 남는 것은 지평의 선이다. 거기, 영원히 지속되는 생멸의 기하학적 흐름은 자연과 문명의 생태적 조화 아닌가.

'자유 - 자치 - 자연'의 3자(自) 철학에 거는 기대

빈센트가 그랬듯이, 박홍규가 그려낸 빈센트의, 절망 속에서 희망 찾기는 바로 이런 「자연과 문명의 생태적 조화」'전망'이다. 그 전망이 한마디로 아나키 유토피아이다. 빈센트가 위대한 실패자이자 성공자이듯이, 박홍규 자신의 절망 또한 실패가 아니라 위대한 성공임을 예감한다. 더욱이 빈센트의 〈까마귀가 나는 밀밭〉에서 보이는 세 갈래 길은, 결국 박홍규가 빈센트의 아나키 유토피아의 유업을 이어받아 '자유 - 자치 - 자연'의 3자(自) 철학을 완성하는 희망의 길이 될 수 있기를 기대한다. 박홍규의 이번 역작『절망 속에서도 희망을: 노동자화가 빈센트 반 고흐의 아나키 유토피아』는 '3자 철학'이란 시점에서 새롭게 조명되어야 할 것이다.

‘한심한 영혼’에 대한 독한 자기성찰

– 허상문 저, 『오디세우스의 귀환: 허상문 평론집』(2014) 서평 –

평론의 의무: ‘영혼이 담긴 글 한편’ 쓴다는 것,

글을 쓴다는 것, ‘글쓰기’는 ‘말하기’보다 더 어렵다. 특히 ‘영혼이 담긴 글 한편’은 더 그렇다. 얄팍하고 허접한 글과 책이 흘러넘치는, 아니 이런 책들이 오히려 더 잘 팔리는 시대에 ‘영혼’ 운운한다는 것은 너무 순진하거나 너무 심각한 고민인지도 모른다.

그러나 이 시대에 누군가는 진지한 고민을 하는 사람이 필요한 것이다.

고갱이 「죽기 전에 다시 한 번 내 모든 에너지를 다 불어넣었네.」라고 고백한 〈우리는 어디서 왔으며 누구이고 어디로 가는가?(Where Do We Come from? What Are We? Where Are We Going?)〉(1897년. 보스턴미술관 소장)를 보고 있으면 이런 저런 생각이 떠오른다. 죽기로 각오하고, 마지막 작품이라 생각하고 그렸던 그의 그림을 보면, 그의 ‘생로병사=생애’가 요약된 듯하다. 이처럼 요즘 시대에 모든 영혼을 다 불어넣은 듯한 글쓰기를 만나기란 쉽지 않다.

평론가 허상문 교수(이하 허상문)의 『오디세우스의 귀환: 허상문 평론집』에는 언어적 레토릭 보다도, 고갱의 〈우리는 어디서 왔으며 누구이고 어디로 가는가?〉와 같은, 치열함이 느껴진다. 실제로 저자는 말한다: 「발에 차이는 것이 시인이고, 소설가고, 수필가이지요. '등단장사' 하는 상업주의적인 문학 매체에 편승해서 무슨 상을 받고 무슨 직함을 아무리 쉽게 얻는다 한들, 진정으로 자신의 영혼이 담겨 있고 세상의 평가를 올바르게 받는 작품 한편 제대로 쓰지 못한다면 그것들이 다 무슨 소용이겠습니까?」(21쪽)

허상문은 말한다. 「새로운 시대를 위한 구원의 언어들은 언제나 카잔차키스의 말대로 우리의 '맨 몸을 땅과 바다에 밀착시키고 이 사랑스러운, 그러나 덧없는 것들의 존재를 확인'하기 위한 것이었다.」(「책머리에」) 이 말에는 그의 진심이 담겨 있다.

이 이면에는 허상문 자신이 깊이 자각하고 있는 '가야할 길을 잃고 방황하는 인간'에 대한 탐구가 있다. 아니 스스로를 '가야할 길을 잃고 방황하는 인간'인 오디세우스에 비기고 있다.

> 호머의 서사시에 나오는 오디세우스가 그의 지혜로 트로이 전쟁을 승리로 이끌고도 고향으로 돌아오지 못하고 또 다시 기나긴 유랑을 거듭했듯이, 인간은 언제나 가야할 길을 잃고 방황해야 하는 운명을 타고 난 것인지도 모른다.(「책머리에」)

이런 말들이 더욱 절실해지는 것은 무엇일까? 허상문은 『오디세우스의 유랑』, 『시베리아는 눈물을 흘리지 않는다』, 『실크로드의 지평에

서서』와 같은 여행서를 낸 여행가이기 때문일 것이다.

사실 내가 아는 허상문은 방랑, 유랑을 즐긴다. 고난을 각오하고 홀로 머나먼 길을 떠나, 언제나 훌쩍 적막한 길 위에 설 줄 알기에, 그가 '오디세우스'를 자처할 자격이 있다. 물론 그가 세상을 떠도는 유랑은, 「세상한테 지는 것이 아니다/세상 같은 건 더러워 버리는 것이다」(백석, 「나와 나타샤와 흰 당나귀」)처럼, 그의 자발적 선택이다. 그래서 그는 과감하게 내뱉는다. "문학하는 그대, 한심한 영혼아!"(17쪽)

'서구문학' 뒤꽁무니 좇기에서 우리 '수필'에 주목하기까지

허상문은 영문학자이다. 이번 책을 읽어보면 말 그대로 '오디세우스의 귀환'임을 알게 된다. 그는 '영문학자' 즉 서구문학자로서 출발했지만 그동안의 관심이 줄곧 '한국문학' 즉 우리 문학에 있음을 알 수 있다. 그래서 새삼 '서구'(=외국)에서 '한국'(=모국)으로 '귀환'이란 말이 어울린다.

책의 구성에서 저자의 편집의도를 잘 읽어낼 수가 있다. 즉 ❶서구문학→❷한국 소설→❸한국 시→❹한국 수필의 순서이다. 문학 일반에서 소설, 시, 수필로 길을 걸어 온 그간의 여정을 묶은 것이다.

아울러 이 책은 저자 자신이 「이제 문학도 목소리와 자세를 한껏 낮추고 이 시대의 뒤를 조용히 그냥 따라가야 할 것인가 아닌가」(「책머리에」)를 고민 하고 있는 대로, '아픔과 고통의 현실'에 맞서며 풀어낸 글들을 엮은 것이다. 한마디로 '한심한 영혼'에 대한 독한 자기성찰이라 해야 할 것이다. 성찰의 끝은 「집」=「내 마음의 고향인 문학」으로 돌아오는 일이었다. 그 이면에는 다음과 같은 그동안 저자 자신의 서구문학 탐구에 대한 뼈저린 성찰이 있다.

> 개인적으로도 이 암울한 사회적 · 문학적 분위기 속에서 항상 고뇌하는 삶을 살아야 한다고 다짐해왔지만, 무엇하나 뚜렸이 이룬 것 없이 말 그대로 손에 남은 것 없는 허탈함 뿐이다. 그렇다고 내가 문학을 위해서도 딱히 무엇을 했는가를 생각해보면 그 역시 망막함은 더 하다. 생각해 보면 수십 년 째 전공으로 삼고 있는 외국문학 공부는 대체 아무리 생각해도 문학의 본질을 보여주거나 설명력을 잃어버린 것이었다. 그것은 언제나 남의 뒤꽁무니나 뒤따르는 죽은 문학공부였다.(「책머리에」)

'언제나 남의 뒤꽁무니나 뒤따르는 죽은 문학공부' 운운하며, 이제 내 노래를 부르고 싶다는 식의 고백을 들으면 진솔한 한 문학 청년을 만난 기분이다. 지상에서 상처 입은 인간들이 찾고 싶은 곳이 고향이다. 마치 횔덜린(1770 - 1843)의 시 '고향'(Die Heimat)에서 읊는 것처럼 말이다.

> 사공은 먼 곳 섬에서 수확의 즐거움을 안고
> 잔잔한 강가로 귀향하는데,
> 나도 정말 고향 찾아 가고 싶구나.
> 하지만 내 수확은 고뇌 말고 또 무엇이 있는가?
>
> 나를 키워준 그대들, 사랑스러운 강변들이여!
> 그대들이 사랑의 괴로움을 달래주려나? 아! 그대들,
> 내 어린 시절의 숲들이여, 내 돌아가면

그 옛날의 평온을 다시 내게 주려나.

허상문의 이번 평론집은 솔직히 고향이야기라고 할만하다. 그러나 이 고향이야기는

지독한 자기성찰과 '초로(初老)'의 애뜻한, 그러나 당찬 각오마저 담고 있다. 「나의 초로(初老)가 정신없이 휘몰아치던 지난 시간동안 삶에 있어서와 마찬가지로 문학에 있어서도 무엇을 거두고 무엇을 잃어버렸는지 아무리 생각해도 가늠할 수 없다.」(「책머리에」).

그가 다음의 시를 진짜 사랑하는 이유를 알만하다.

시로써 무엇을 사랑할 수 있고
시로써 무엇을 슬퍼할 수 있으랴
무엇을 얻을 수 잇고 시로써
무엇을 버릴 수 있으며
혹은 세울 수 있고
허물어뜨릴 수 있으랴

(중략)

보아라 깊은 밤에 내린 눈
아무도 본 사람이 없다
아무 발자국도 없다
아 저 혼자 고요하고 맑고

저 혼자 아름답다

– 정현종, 「시(詩), 부질없는 시(詩)」

이 시를 두고 허상문은 말한다. 「얼마나 멋있는 말입니까. 진짜 시는 가만히 있어도 존재 자체만으로도 고요하고 맑고 아름다운 것이지요.」(23쪽)

그렇다. 그는 "더 외롭고, 더 높고, 더 쓸쓸하게"(24쪽) 문학을 향해, '자체만으로도 고요하고 맑고 아름다운' 세계를 향해 고집스레, 나아가고자 각오한다.

구한말, 일제강점기, 그리고 해방 이후 80년대 초반까지, 서구에 짓눌렸던 시대가 있었다. 그런 영혼들이 있었다. 우리가 크게 잘못된 듯, 모자란 듯 윽박지르고, 닦달하고, 비판하기에 발악하던 시대가 있었다. 허상문은 이런 풍경을 숙지하고, 이제 우리 수필로 돌아왔다.

거기서 우리네 사람들의 손 가는 대로 풀어져 나오는 삶의 진솔한 이야기가 소중함을 직관한다. 몽테뉴의 『에세』 같은, 장자의 『장자』 같이, 수필은 허접한 것 같지만 사실 있는 그대로의 세계에 치장 없이 닿으려는 치열한 '나의 이야기' 아닌가.

우리 문학 속으로, 더 외롭고/더 높고/더 쓸쓸하게

우리나라에 외국문학 – 학술 일반이 그랬지만 – 이 본격적 유입하는 것은 국가 관념이 확고해진 '근대'라는 시기이다. 외국문학의 국내 유입은 당시의 활발해진 교역과 선교활동, 나아가서 일제 식민지배 수탈기의 문화정책, 유학생, 유람단의 역사와 맥을 같이 한다.

근대 국가의 성립, 그리고 그 이후 이루어지는 강대국 간 또는 동서양 간의 명확한 경계선, 구획, 대립 속에서, 또는 전쟁의 와중에, 서구문학은 그 상황을 담아내어 동양에 전파하였다. 이처럼 서구문학은 서구지역의 문화, 사상을 옮기고 서구 제국주의의 권력과 이데올로기를 유포하는 그 선단에 서 있어 왔다.

근대 - 제국의 발톱을 숨긴 서구의 언어. '외국'은 문학의 말랑말랑함 혹은 로맨틱한 수사에 숨어 다가왔다. 한때 우리는 거기에 몰두했고, 지식인들은 그 지식에 감성의 센서를 대고 유세를 부리며 폼을 잡기도 했다. 외국과 자신의 동일감 속에서 존재감을 만끽하며 우쭐거리기도 하였다. 그만큼 외국은 우리의 '중심'에 있어왔고, 우리는 늘 그 먼 산을 그리워하며, 그 자장(磁場)권에 영혼의 코드를 꽂으려 발버둥을 쳤었다.

프랑스풍이니 독일풍이니 미국풍이니 러시아풍이니, 아직도 우리 문학에서 외국에 대한 그리움을 떨쳐내지는 못했다. 우리 문예지 가운데 그런 역한 냄새를 풍기며, 그들만의 폐쇄구역에서 제조하는 문화, 교양의 풍경을 자랑하기도 한다.

일찍이 위당(爲堂) 정인보(鄭寅普. 1892 1950납북)는 『양명학연론(陽明學演論)』 앞머리에서 이렇게 말한 적이 있다.

> 학문함에 있어 책 속에서만 진리를 구하려는 태도는 옛날보다 더 한층 심해져서, 때로는 영국, 때로는 프랑스, 때로는 독일, 때로는 러시아로 시끌벅적하게 뛰어다니지만, 대개 좀 똑똑하다는 자라 할지라도 몇몇 서양학자들의 말과 학설만을 표준으로 삼아 어떻다느니 무엇이라느니 하고 만다. 이것은 무릇 그들의 '말과 학설'을 그대로 옮겨 온 것이지

실심에 비추어 보아 무엇이 합당한지를 헤아린 것이 아니니, 오늘날의 이러한 모습을 예전과 비교한들 과연 무슨 차이가 있겠는가.[1]

외국 학설이 그랬듯이 외국문학 또한 예나 지금이나 정인보의 지적대로 몇몇 서양학자들의 '말과 학설'을 그대로 옮겨 온 것이며, '실심에 비추어 보아 무엇이 합당한지를 헤아린 것'이 아니다. 실심이란 '알맹이 있는 마음' 즉 '주체적 마음'을 말한다. 서구문학 - 학술을 우리의 눈으로 철저히 대상화 해보려는 자각, 그런 번민 속에서 우리의 눈(관점, 시각)을 갖는 것은 양식 있는 학자, 문학가라면 누구나 고민할 일이다. 다음의 정인보의 술회대로 허위[虛]/가짜[假]가 아닌 '실심(實心)'에서 타자=외국을 성찰하는 일이다. 그래서 자생적인 '관(觀)' - '시점(視點)'을 설정하는 일이다.

조선 수백년 간의 학문이라고는 오직 유학 뿐이요, 유학이라고는 오로지 주자학(朱子學) 만을 신봉하였으되, 이 신봉의 폐단은 대개 두 갈래로 나뉘었다. 하나는 그 학설을 배워서 자신과 가족의 편의나 도모하려는 '사영파(私營派)'요, 다른 하나는 그 학설을 배워서 중화(中華)의 문화로 이 나라를 덮어 버리려는 '존화파(尊華派)'이다. 그러므로 평생을 몰두하여 심성(心性) 문제를 강론하였지만 '실심(實心)'과는 얼러볼 생각이 적었고, 한 세상을 뒤흔들 듯 도의를 표방하되 자신 밖에는 그 무엇도 보이지 않는다. 그러했기 때문에 세월이 흐르고 풍속이 쇠퇴해짐에 따라 그 학문은 '허학(虛學. 텅빈 학문)' 뿐이게 되고 그 행동은

1) 정인보,『위당 정인보의 양명학연론』, 홍원식 · 이상호 옮김, (한국국학진흥원, 2005), 47쪽.

'가행(假行. 거짓된 행동)' 뿐이게 되었다. … 수백 년 간 조선 사람들의 실심(實心)과 실행(實行)은 학문 영역 이외에서 간간이 남아 있을 뿐, 온 세상에 가득 찬 것은 오직 가행(假行)과 허학(虛學) 뿐이었다.[2]

이번 허상문의 평론집에서는 적어도 '실심'에 가슴과 시선을 두고, 서구문학을 자처해왔던 자신의 '한심한 영혼'에 대한 독한 자기성찰이 빛난다.

허상문이 인용한 김훈의 『칼의 노래』 1권 가운데, 새삼 지워지지 않는 한 구절. 그의 새로운 작업의 구상처럼 들린다.

나는 하루 종일 혼자 앉아 있었다. 텅빈 바다 위로 크고 무서운 것들이 다가오고 있었다. … 식은 땀이 흘렀고 오한에 몸이 떨렸다. 저녁 무렵까지 나는 혼자 앉아 있었다.

허상문이 가야할 길은 이제 분명하다. 더 외롭고/더 높고/더 쓸쓸하게 그러나 자유롭게 걷는 일이다. 자신만의 글쓰기를 기획하고 설계하는 일, 그리고 더욱 우리 문학 자체에 몸을 붙이는 당당함, 자신감이리라.

그렇다면 이제 '오디세우스의 귀환'은 다시 방랑 – 유랑으로 이어져야 한다. '오늘도 걷는다마는 정처 없는 이 발 길'을 두려워해선 안 될 것이다. 맨 몸을 땅과 현실에 밀착시키고, '이 사랑스러운, 그러나 덧없는 것들의 존재를 확인'하는 작업에 기대를 걸어본다.

---

2) 정인보, 같은 책, 44-45쪽.(일부를 인용자 수정).

일곱 빛깔의 내면 풍경과 송풍수월(松風水月)

1) 일곱 빛깔의 내면 풍경, '칠정(七情)'

－2014, 대구시립국악단 제9회 특별기획공연 한국무용의 밤 〈7情〉에 부쳐－

'당신은 무슨 일로/그리 합니까?/홀로이 개여울에 주저 앉아서'

떠난 님을 그리워하다니. 보냈으면 그만인 것을…. 그럴 거면 차라리 떠나보내지 말 것이지, 왜 이리도 애달픈 건지.

인간의 감정은 복잡하다. 실타래처럼 얽히고설키고. 젠장, 알다가도 모를 일. 펄펄 끓어 넘치는가 싶더니 어느새 싸－아, 식어버리고 말지. 늘 곁에 있어줬으면 하고 보채다가도 쉬이 사랑의 마음은 떠나버리는 법. 한 길 물속은 알아도 한 치 마음속은 모른다 했거늘.

인간의 내면, 그곳은 겉으론 조용하나 자세히 들여다보면 난장판 아닌가. 이래나 저래나 끊임없이 '하고 싶음'(=욕欲)이 고개를 쳐들고,

다시 사그라들고.

이런 복잡한 감정을 전통적으로 '칠정(七情)'이라 부른다. 기쁨(희喜), 노여움(노怒), 슬픔(애哀), 두려움(구懼), 사랑(애愛), 싫어함(오惡), 하고싶음(욕欲). 줄여서 희노애락(喜怒哀樂)이라고도. 인간만사의 대명사다.

'파릇한 풀 포기가/돋아 나오고/잔물은 봄바람에 헤적일 때에'

자꾸만 파릇파릇 돋아나오는 풀처럼, 다독이고 다독여도, 칭칭 동여매어도 그리움은 연신 하늘하늘 아롱아롱대거늘. 바람에 잔물결은 피고지고, 이리저리 밀리고 또 밀리는데. 보고 싶음도, 만나고 싶음도 고개를 든다. 아, 마음속엔 이토록 '하고 싶음'이 많구나. 다른 말로 '의(意)'라고 하지. '의'라? '마음(心)의 소리(音)', '마음의 고갱이' 아닌가. 고요히 있다가도 어느새 살포시 싹을 내는 것. 머리를 드는 것. 내면에서 울려오는 저 그치지 않는 소리. 눈을 감고 안 보려 해도 마음과는 달리 안보고는 못 견디는, 그런 '소리' 아닌가.

마음의 소리는 온몸을 움직이지. 막고자 해도 막을 길이 없지. 그리워 나도 몰래 그곳에 다시 손발이 머물지. 머리로는 눌러 막아도 어느새 가만히 기지개를 펴는, 마음의 나래여.

떠난 님을 그리는 마음은 솟구쳐 그칠 줄 모른다. 헤어지면 그리웁고 만나보면 시들한, 몹쓸 것이 내 심사라! 그렇다면, 왜 실낱같은 언약들을 이리도 되새기는가,

'가도 아주 가지는/안노라시던/그러한 약속이 있었겠지요'

손가락 걸며 걸며, 다시 네 곁으로 오리라 다짐했거늘. 시간은 모래성을 쌓고 허물고. 빛바랜 맹서는 서글퍼다. 꽃잎이 지고, 낙엽이 지듯, 산산이 가버리고 마는 것들.

그래, 그리움은 천번 만번, 처얼썩 처얼썩, 홀로 높고 외롭고 쓸쓸히 파도치는 법. 그리움의 보드라운 살결은 갈기갈기 영혼을 휘젓고 들쑤시는 법. 물결 속에 스산히 발자국만 남기고 가는 희노애락. 금방 달려 나와 내 품에 고이 안길 것 같은, 그러나 야속히도 떠나가는 햇살이며, 시간이여. 파문이며 언약들이여. 외로움 뒤로 깔리는, 슬픔과 아픔의 노을. 두려움과 서글픔의 별과 가로등.

"날마다 개여울에/나와 앉아서/하염없이 무엇을 생각합니다"

사랑은 '희망'이다. 그러나 흘러가버린 물결처럼, 기다려도 오지 않는 것. 나의 밤을 바치고 너의 낮을 바치고, 우리의 그리움을 다 바칠 때, 희망은 결국 날 차버린다. 끝내, 오지 않는다. 내 아름답던 사랑의 단물을 다 빨아먹고는, 후 - , 뱉어버리는 약속들, 언약들. 무엇이랴. 내 맨발을 시간 속에 밀착시키고, 나를 이끌었던 그리움은. 그립거늘, 끝내 덧없는 것들을 확인시키는 사랑. 그건 희망인가 절망인가. 축복인가 비참함인가. 날 버리고 속절없이 가버린 것들. 시든 장미 밭 같은.

"가도 아주 가지는/안노라심은/굳이 잊지 말라는 부탁인지요"

그러나 희노애락은, 그 끝난 지점에서 다시 시작하는 법.

우리는 늘 애정이 꽃피던 시절을, 지나간 시간을 그리워하는 법. 함께 거닐던, 복사꽃 피던 길과 시간을 추억한다. 사랑은 무언가를 감추면서 다시 벗기고, 다시 벗기면서 감추어버린다. 그 아슬아슬한 사이를 곡예 하듯, 또 손짓 발짓 몸짓을 시작한다.

칠정은 하나의 뿌리. 그 걷잡을 수 없이 바람 부는 언덕. 기억과 희망 사이에 쌓는 모래성.

우리는 그 성 위에 서서, 등대처럼, 내일을 기다린다.

사랑은 희망을 잃지 않는 연습. 끝내 죽음으로 스러져가는 삶의 두려움을 극복하는 방법. 끝없이 쓰러졌다 일어서는 질긴 생명의 파도이다. 부딪혀서 깨어져 물거품만 남기더라도 끝내 손아귀 속에 희망을, 맹서의 열매를 꼬옥 거머쥐고픈 것. 그래서 더욱 눈물겹고 아득하고 눈부시다. 희망이라는 환영의 꿈결 속에서, 끝없이 아련하고 아름답다. 발가락을 쫑긋 세우고, 더 먼, 먼, 곳으로 우리의 눈을 돌리게 한다. 귀를 기울이게 한다.

그렇게 눈이 머물고, 귀가 기우는 곳까지 다 껴안고 싶은, 불후의 명곡의 연주자. 그게 바로 우리들의 '희노애락', '칠정' 아닌가. 눈멀고 귀먹은 곳에, 사랑의 고향이 있다.

2) 송풍수월(松風水月), "소나무에 부는 바람~물에 비친 달"을 찾아

-2016, 대구시립국악단 제11회 한국무용의 밤 〈송풍수월(松風水月)〉에 부쳐-

송풍수월(松風水月). 소나무(솔) 송 / 바람 풍 / 물 수 / 달 월.

소나무에 부는 바람과 물에 비친 달. 당 태종 이세민의 「대당삼장성교서(大唐三藏聖教序)」라는 글 가운데 나오는 말이다. '맑고 깨끗한 것'을 비유한다.

1. 솔바람 따라 가노라면~

"누이야 가을이 오는 길목/구절초 메디메디 나부끼는 사랑아/(~)/여우가 우는 추분 도깨비불이/스러진 자리에 피는 사랑아/누이야 가을이 오는 길목/메디메디 눈물 비친 사랑아"

박용래의 '구절초'를 읽다가 그만 울었다. 아! 인생은 가을이 오는 길목에 서서, '메디메디 나부끼는 사랑'을 찾는 일 아닌가.

"솔바람 솔솔 불어 차 끓이는 연기 몰아/하늘하늘 흩날리며 시냇가에 떨어지네." 매월당 김시습이 차 끓이며 노래했던 시가 마음을 달래준다.

가을바람 솔솔. 소나무 사이를 스쳐 불어가는 솔바람을 따라 가노라면, 그저 입가에 맴도는 노래. '솔아 솔아 푸르른 솔아' "~거센 바람이 불어와서 어머님의 눈물이/가슴 속에 사무쳐 우는 갈라진 이 세상에/민중의 넋이 주인 되는 참 세상 자유 위하여/시퍼렇게 쑥물 들어도 강물 저어 가리라/솔아 솔아 푸르른 솔아 샛바람에 떨지 마라/창살 아래 네가 묶인 곳 살아서 만나리라~"

바람은 무언가를 만난다. 기어코 만난다. 남녀노소 그 누군가의 귓불을. 춘하추동 그 어디 쯤의 나무 이파리 혹은 꽃잎을. 동서남북 그 어딘가의 등불을, 가로등을.

그 가운데서도 꼭 물을 만나야 하리라. 물을 만나 바람은 자신을 다듬고, 드러낸다. 풍수(風水)다. 바람 끝에는 늘 푸른 물결이, 푸른 강물이 흐른다.

"일송정 푸른 솔은 늙어 늙어 갔어도/한줄기 해란강은 천년 두고 흐른다~"

그 뿐인가. "눈 감으면 떠오르는 고향의 강 지금도 흘러가는 가슴 속의 강 아~ 아~" 이런 저런 강들이 흐른다. 마음 밖에도, 마음속에도. 눈을 감아도, 눈을 떠도.

2. 물에 비친 달~

우리는 달을 찾는 존재이다. 달은 하늘에 하나로 떠 있으나 지상에는 천 만 개의 강 속에 떠 있다. 월인천강(月印千江). 그 달을 끝없이 다 좇아 다녀봤자 허사이다. 그 달은 결국 내 마음에 떠 있는 것이기에.

"발을 젖히니 물에 비친 달은 삼천경이요(簾開水月三千頃)~" 퇴계 이황이 단양군수로 있을 때 이름 지었다는 충북 제천의 '응청각(凝淸閣)' 주련 글귀이다. 경(頃)은 넓이의 단위. 3천경이란 물에 비친 달이 어마어마하게 크다는 뜻이다. 온 천하에, 온 우물에, 연못에, 강에, 바다에 도처에 떠 있으니, 그 넓이를 모두 합하면 우주만큼 넓지 않은가.

어마어마하게 큰 물 속의 달은 눈앞에 있지만 도저히 건질 수가 없다. 잡아도 잡히지 않는다. 달은 내 마음 속의 진실이요, 바람(희망)이다. 진실한 것들은 아무리 건지려 해도 건질 수가 없다. 그것은 허공 속에 떠 있는 달, 허상 - 환상의 달이다. 우리가 찾는 희망이 그렇고, 꿈이 그렇고, 내일이 그렇다. 잡을 수 없기에 애달파 더 잡고 싶어지는 달. 누구나 한 평생, 달을 찾아다니는데, 아 잡을 수 없는 높이 떠서, 그냥 고요히 빛나는 달. "달달 무슨 달, 쟁반 같이 둥근달"

그렇다. 맑고 깨끗한 마음으로 그저 바라보기만 하면 가만히 내게로 와서 안기는, 마음속의 달.

'달(月) · 아(我)'

2014, 양향옥 화백의 〈'달(月) · 아(我)'展〉에 부쳐

"달아 달아 밝은 달아…". 이 노래는 내 귀에 "달 아(我) 달 아(我) 밝은 달 아(我)…로 들린다. 왜 일까?

우리의 머리 위엔 해만 떠 있는 게 아니다. 그리고 해만 쳐다보는 것도 아니다. 해가 진 하늘을 차지하는 달과 별, 푸른 달빛. 그리고 지상을 가득 메우는 수많은 가로등불. 그뿐인가? 집집마다 창문을 통해 비쳐 나오는 무량한 세상의 등불들. 태양이 사라진 자리에서 우리는 이런 경이로운 세상을 만난다. 큰 기쁨이다.

태양이 사라진 자리에 흑암만이 감도는 것은 아니다. 찬란한, 눈부신, 빛 덩어리에 가려졌던 달. 달이 거느린 또 다른 우주가 은폐되어 있던 자신의 존재를 풍만하게 드러낸다.

우리들은 자신의 '시선'과 '생각'이 하나의 태양임을 모른다. 그 그림자에 가려진, 이미 둥글고 훤한, 나라는 달 혹은 내 속의 달을 잘 모른다. 태양이 가려버린 달과 달이 거느린 세상처럼, 나의 시선과 생각은 수많은 것들을 가리고 묻어버린다.

수많은 호수나 시내에 비친, '많으면서' 그러나 결국은 '하나인' 달처럼, 갈래갈래 얽히고설킨 삶 속에서, 조각조각 너덜너덜 흩어지는 수많은 나. 그러나 끝내 닿고 보면 하나로 있는 나. '걸어도 걸어도 그 자리, 가도 가도 떠난 자리'(行行到處, 至至發處) 아닌가.

아르헨티나의 소설가 호르헤 루이스 보르헤스 (Jorge Luis Borges)가 말했다. "달 혹은 달이란 말은 많으면서 하나인, 우리의 존재"라고.

어머니는 자신의 가슴을 문질러서, 젖줄을 살려내고, 아이를 길러낸다. 사람들은 천번 만번 흔들리는 마음속의 번민을 다독여서, 자신의 삶을 이루어낸다.

우리는 끊임없이 무엇을 찾아내어 형상화하고자 한다. 무언가를 '하고 싶어' 한다. 표현해내고자 한다. 그것을 바로 '달(月)'이라 은유할 수 있다. 그 달은 다름 아닌 '나(我)'이다. 그래서 '달 · 아'이다.

우리가 끝내 찾고자 하는 것은 저 달이다. 저 달이 결국 '나'라니? 우습다. 나의 삶이 저 달이고, 저 달이 나의 삶이라면, 저 세상이 나의 얼굴이고 나의 얼굴이 저 세상 아닌가.

그렇다. 나를 찾는 일은 세상을 찾는 일이고, 세상을 찾는 일이 곧 나를 찾는 일이다.

양향옥의 이번 전시회를 나는 〈달 · 아〉展이라 붙였으면 했다. 실제 그녀의 작품을 보고 있으면, 겹겹이 감추면서 동시에 겹겹이 벗기는 듯한, 그 감춤과 벗김 '사이(間)'의 아슬아슬함이 만든 '에로티시즘'을 만나게 된다.

한지(韓紙)를 수도 없이 찢고 오려서 붙인, 아니 붙이고 겹치며 붙들어낸 다양한 색깔과 형상. 이들이 서로 '어울리는(際)' 세계는 마치 달이 구름을 벗겨내고, 구름이 달을 감추는 것 같다. 여기엔 서로 들춰내고 서로 감추는 투명한 에로티시즘이 흐른다. 한 마디로 '달과 아'의 애증(愛憎) 관계, 사랑싸움 같다. 그 싸움 사이에서 신화 같은, 둥근 달이 둥실둥실 젖가슴을 드러낸다. 그것은 다름 아닌 작가 자신의 내면이고, 작가 자신이 바라본 바깥세상의 풍광이다.

작가의 내면과 외부를 '사이'='틈' 없이 붙들어 매는 것은 무엇인가. 한지(韓紙)이다. 한지를 뒤틀고, 만지고, 펴고, 늘이며, 웃고 울게 만드는 기법, 여기에다 색깔이 더한다. 그것은 그림의 속살 속으로 우리를 꼬드긴다. 그곳으로 찾아드는 우리의 시선. 그리고 그 끝자락 어딘가에 반드시 자리한 붉고 푸른 점들, 일편단심(丹心)의 '애뜻함'(=측달/惻怛)은 옛날 옛적 우리네 달 속의 '계수나무 한 나무/토끼 한 마리' 같다.

양향옥의 그림에서, 나(我)를 감추고 달(月)을 벗기거나 달을 감추고 나를 벗기는 관계는 실로 에로틱하고 특별하다. 양향옥은 그 관계의 기법을 손과 붓 끝에 터득하고 있다. 한지의 접힘과 펼침으로 빚어내는 에로틱함의 길을 그녀는 잘 알고, 다채롭게 즐기고 있다. 그녀는 그 길 끝에서, 이리저리 헤매고 헤매며 마음대로 그림으로 펼쳐낸다.

한지와 한지가 겹쳐서 이어지는, 그 풀칠과 풀칠로 펼쳐지는, 위와 아래, 하늘과 땅, 남과 녀, 화려함과 덧없음은 '우리는 어디서 와서, 지금 여기서 무엇이며, 어디로 가는가?'를 은유해준다. 이 은유는 차갑거나 무겁지 않다. 가볍고도 쿨하며, 따스하고도 투명하다.

그러나 그 풍경은 결코 고요하지 않다. 그렇다고 시끄럽지도 않다. 숙달된 손맛 속에 어울린 '달과 나(我)'는 조용히 어울리며, 은은히 빛을 만들어낸다. 한지 사이, 사이로 비치는 그 빛은 한옥의 문살을 넘나드는 호롱불빛 같기도, 바람에 하늘거리는 청사초롱 같기도, 도라지꽃 같기도 하다. 마치 '구름에 달 가듯' 어른댄다.

관심과 무관심, 착시(錯視)와 환영(幻影) 속에서, 달은 조용히 뜨고 진다. 그 오랜 시간 속에서, 썼다가 지우고 지웠다가 써대는, 수많은 달의 이야기는 바로 양향옥의 자신의 삶이다. 한지가 겹치고, 스치는 곳마다 떠오른 색감(色感)은 하나가 모두 작가의 얼굴이고, 작가 자신의 이야기이다. 그것은 달빛이다.

한지에다 붙들어 맨, 떴다가 지고, 졌다가 다시 떠오르는 수많은 '달 · 아(我)'의 예술과 미학은 태초부터 현재로 이어지는, 현재에서 미래로 이어질 삶의 근원에 대한 응시라 하겠다. 이러한 기법은 예술에도 철학에도 문학에도 종교에도 항상 있어왔다.

그렇다. 누군가, 진리는 새롭지 않고, 오류만이 새롭다 했다. 양향옥은 그 오류를 붙드는 새로운 기법을 잘 터득하고 있다. 그것이 중요하다.

하여, 우리는 양향옥의 그림 속에 떠오른 수많은 '달 · 아(我)'의 붉고 푸른 빛, 붉고 푸른 꽃이, 온 세상의 자유와 평화를 만드는 에로티시즘으로, 세상을 치유하는 따스한 달빛으로 더욱 빛날 것을 믿는다.

텅 빈 것들의 신호, 무(無)의 몸부림

- 2015, 김병태 작가 '아프리카 사진전'(일본전) '공의 향기' 서문 -

사진작가 김병태의 사진 속에는 단순하면서도 수많은 이야기가 담겨 있다. 한 장 한 장이 모두 그의 내면 풍경이자 시(詩)이며, 철학이다. 그의 시선에 잡힌 아프리카는 섬뜩하면서 따뜻하고, 아득하면서 정밀하다. 아프리카를 훤히 다 드러내 보여주는 것 같으나 실제로는 모두 감추어 버린다. 양 극단을 다 붙들어내면서 그 양 끝을 다시 밀어내는 듯하다. 썼다가 지우고 지웠다가 써대는 말 못할 그리움 같은 것. 다가올 듯 떠나가는 그 밀고 당기는 긴장감. 그것은 무엇인가. 생성과 소멸, 처음과 마지막, 삶과 죽음, 어둠과 밝음, 아름다움과 추함, 감춤과 드러냄 같은 김병태가 사진으로 담아내려는 존재의 진실이 아닐까. 허무하면서 아름다운 존재의 몸부림! 아니, 아래와 같은, 있는 그대로의 이야기이리라.

"태초에 말씀이 있었다. 무언이고, 침묵이었다.
있는 그대로였다.

고요와 청정이었고, 원래 텅 빈 것이다.

거기서 무언가가 있었다. 몸이다.

몸은 몸짓을 가지고, 그 무늬와 갈래 속에 우리가 있고, 만물이 있었다.

텅빈 곳은 만물의 몸을 통해 자신을 알린다. 그 손짓, 몸짓, 발짓이 대자연이다.

무(無)가 써는 글, 무에서 나오는 끝없는 몸부림이 시간과 공간이다. 그 얼굴은 해와 달, 닿을 수 없는 거리에 사는 별들일 뿐!

지평은 말이 없다. 차별이 없고, 평등하다.

애당초 지상에는 동서남북도 없었다. 하여, 떠남도 돌아옴도, 일어섬도 앉음도 누움도, 잠듦도 깸도 없었다. 태초는 지금이기도 하고, 내일이기도 하고, 어제이기도 하였다.

지평의 언어는 선(線)이다. 선 위에서 움직이는 것들은 모두 언어이다. 사랑이고, 꽃이고, 향기이다. 달리기도 하고 멈추기도 하고, 떠오르기도 하고 가라앉기도 하며, 살기도 하고 죽기도 한다. 붉기도 하고 푸르기도 하고, 밝기도 하고 어둡기도 하다.

그러나 그것은 모두 끝내는 없는 것들, 사라지는 것들이다.

응시하라! 그동안만 거기 있다. 그 순간의 그 눈동자에 잠시 머무른다.

대지는 꽃을 붙들고, 꽃은 하늘을 움켜쥐고, 하늘은 구름을 깨문다. 그 이빨이 그 손톱이 지상의 사자이고, 표범이고, 가젤이고 나무며, 이슬이다.

꽃은 구름에서 왔다 숲으로 가고, 숲은 꽃에서 왔다가 구름으로 간다.

얼마나 아름답고 얼마나 슬픈가. 얼마나 공포스럽고 얼마나 기쁜가.

공(空)은 알 수 없는 향기.
태초에 말씀이 있었다.
그러나 그것은 그냥 후두둑 뿌리고 지나가는 빗줄기일 뿐.
한 방울의 투명한 박자일 뿐! 거기서 무언가가 있었다.
만물들의 몸짓이다. 향기이다."

김병태의 사진에는 여럿이면서 하나이고, 하나이면서 여럿인 아프리카를 담았다. 그러나 드러난 것들은 결코 모든 것을 다 말해주지는 않는다. 그 너머로 나의 온 몸을 던져 다가서야 겨우 볼 수 있고, 들을 수 있다.

그만큼 사진들은 힘겹고도 눈물겹다. 아프고도 아름답다.

살아있다는 것은 얼마나 위대한 물집인가. 상처인가. 김병태의 사진은 그런 흔적들을 가만히 일러주고 있다.

최 재 목

현재 영남대학에서 철학(동양철학)을 강의하는 최재목은 상주군 모동면이라는 시골 산골에서 태어나, 어릴 적부터 시를 쓰기 시작하여, 고등학교 때부터는 본격적인 시작(詩作) 활동을 하였다. 대학 시절에 첫 시집을 내며 왕성한 작품 활동을 하였다. 1987년 일본 유학을 하던 때 대구매일신춘문예에 '나는 폐차가 되고 싶다'는 시로 등단하였다. 이후 철학 교수가 된 뒤에 『나는 폐차가 되고 싶다』, 『가슴에서 뜨거웠다면 모두 희망이다』, 『길은 가끔 산으로도 접어든다』, 『해피만다라』 등의 시집을 낸 바 있다. 특히 딱 열(10) 자로만 쓰는 이른바 '열자 시'를 처음 시도하여, 『잠들지 마라 잊혀져간다』로 엮은 바 있다.

최재목은 시인으로 활동하면서, 틈틈이 그린 그림과 에세이를 담아 『시를 그리고 그림을 쓰다』라는 책을 펴냈다.

또한 세상과의 걸림 없는 글쓰기에 대한 구상을 풀어낸 『늪-글쓰기와 상상력의 유비쿼터스 네트워크-』, 네덜란드에 머물며 유럽의 이곳저곳을 여행하면서 인문학-철학의 안목에서 그 풍경과 의미를 스케치한 『동양철학자 유럽을 거닐다』와 같은 책을 펴냈다.

최재목은 그동안 전문적인 철학 활동 외에도 칼럼니스트로, 미술 · 사진 · 문학 · 예술 등의 문화평론가로서 활동하며, 많은 철학-인문학-문화-고전에 대한 대중강의를 해오고 있다. 이러한 최근의 활동은 『터벅터벅의 형식』, 『길 위의 인문학-희(希)의 상실, 고전과 낭만의 상처』, 『상처의 형식과 시학』으로 일부 드러나고 있다.

최재목의 시 · 문화 평론
상처의 형식과 시학

초판 인쇄 | 2018년 1월 20일
초판 발행 | 2018년 1월 20일

지 은 이 최재목

책임편집 윤수경

발 행 처 도서출판 지식과교양
등록번호 제2010-19호
주 소 서울시 도봉구 삼양로142길 7-6(쌍문동) 백상 102호
전 화 (02) 900-4520 (대표) / 편집부 (02) 996-0041
팩 스 (02) 996-0043
전자우편 kncbook@hanmail.net

ISBN 978-89-6764-109-2 03810 **정가** 15,000원